東京故事
311

新井 一二三
あらい ひふみ

第21號作品

【自序】危機日本的生活藝術

新井一二三
あらい ひふみ

二〇〇八年大田出版社替我出的《僞東京》一書，收錄了我從二〇〇六年起的兩年裡在台灣報刊上發表的時評文章。二〇一〇年問世的《沒有了鮪魚，沒有了奶油——你無法想像的日本》則是從二〇〇八年起的兩年裡寫的時評結集成的一本書。前者的自序題爲〈一個時代的記錄〉，後者的就叫做〈東京夕陽無限好〉。是的，雖然二〇〇八年的金融海嘯對日本社會的打擊非常大，但是東京人的生活水平卻在同一時期達到了有史以來的最高點，於是我寫了：「東京夕陽無限好，眞正的沒落現在才開始。」實在沒想到，當時我心中萌芽的不祥預感果然要成爲現實。

這次收錄共三十八篇文章中，有十篇是二〇一一年三月十一日的東日本大地震以前寫的，其他則是以後寫的，主要記錄在大地震前後的三四年時間裡日本社會處於甚麼樣的狀態。〇八年的金融海嘯夠可怕，只是眞正的海嘯發生以後，大家才深刻明白：大自然的破壞力量居然壓倒任何人的想像力。究竟是哪裡的聰明人想到用海嘯一詞來形容國際性經濟危機的呢？豈不是起了詛咒作用？三一一的震動非常大而且持續了特別長時間，叫許多日本人覺得：我們是否得罪了老天爺？否則祂的怒氣怎麼會如此之大？

自從那天以後，日本人感到的無力感可說接近絕望了，雖然魯迅先生說：絕望之為虛妄，正與希望相同。總之，跟以前莫名其妙的不安相比，進入了另一個階段是沒有錯的。地震、海嘯、核電廠事故。誰會想到如此嚴重的災難會在同一個地方連續發生？又誰會想到剛剛贏得了選民支持而第一次上台的民主黨政權竟會那麼地無能無力？他們不僅在復興與核電問題上令人徹底失望，而且在外交問題上的表現也特別差，竟在短短三年多的執政時間裡，把日中、日韓、日美關係都拉到過去幾十年的最低點了。再說，民主黨政權也在美軍基地問題上嚴重傷害了沖繩縣民的感情；結果沖繩人現在用「差別（歧視）」一詞來形容日本政府對沖繩的所作所為了。於是在二〇一二年底的大選中，民主黨被選民拋棄，不僅下台而且面臨生存危機是理所當然的。另一方面，自民黨重新上台，日本維新會成為國會裡的第三大黨，看來是漁翁得利的成分相當多。

這本書收錄的三十八篇文章當中，除了涉及到震災和政治的時評以外，約有一半是講述日本人之日常生活的。你大概會發現，雖然國家社會面對的問題很多而且很大，但是多數日本人還是樂觀地一天一天過著日子。我三年前寫了〈東京夕陽無限好〉，現在仍覺得周遭還不至於完全黑暗。拿人生比喻的話：你不再年輕了以後，進入晚年之前，還會有不短的中年時代。如果積極地過，消極地過，樂觀地過，悲觀地過，都有一樣長時間的話，還是盡量享受中年時代好了。不是嗎？

外國評論家說：日本人缺乏面對現實的勇氣，聽起來不無道理。不過，從另一個角度來看，即使在客觀條件很困難的時候，都能夠保持樂觀的生活態度，亦可說是一種才能。歸功於第二次世界大戰以後長達了六十多年的和平帶來的繁榮，日本人在生活的藝術方面顯然有所進展。你當然也可以指出來：林語堂的代表作《生活的藝術》問世是中國正面對歷史性危機的一九三七年。現在我得用幽默的語氣向華語讀者拍賣日本式生活的藝術，恐怕也是國家面對重大危機的一個旁證都說不定了。

Contents
目次

【壹】311之前

【貳】
311之後

【參】 311之外

【壹】
311 之前

うちに殺害の意思を通じ合った可能性について、必要な判断がなされていない」「公判前整理手続きでの争点整理も不十分だった」などとして、小谷野被告の1審判決を破棄・差し戻す判決を出し、最高裁も12年3月、2審判決を支持した。

1回の差し戻し審では、4年に仙台市の男性（当時30歳）が殺害され、2を含む6日間の日程の最初の3日間が、1審のDVD映像の再生に充てられ、その後、共謀強盗殺人罪などに問われた小告（40）、

強盗殺人罪などに問われた実行犯の男（38）らに対し、被告人質問などが行われた。映像には1審時の傍聴人の姿も映っていたため、映像は3人の裁判官と6人の裁判員の手元にあるモニターで再生され、廷内には音声のみが流れる。裁

被害・差し戻しの裁判員裁判が始まるのは、

一方、小谷野被告については、強盗致死罪で殺害を認めず、強盗致死罪でいはしていない」として

社士の女性（38）は、高裁が裁判員裁判の制度設計」

性もある。1審の裁判員裁判で裁判員を務めた会社員れても、裁判員にはどうすることもできない」と話す。

みずたに・おさむ 花園大と関西大の客員教授。横浜市で長く高校教諭を務め、深友り教育育で、

難病支援拡大など正式決定

2013年度予算編成に伴う厚生労働、財務、総務の閣僚折衝が27日行われ、4月から予防接種法に基づ

東京五輪に

経済同友会で、東京五輪招致プロジェクトチームの委員長をしています。2020年に東京で五輪・パラリンピックが開催できれば、昨今元気がないといわれる若い人たちが、もっと夢を持てるようになるでしょう。開催準備に7年もあれば、具体的な取り組みができます。

新浪 剛史 さん 53

う。東日本
日本の姿を
るはずです。

世界中が
本が選ば

…とみなし、その上に原子炉などの重要設備を建てるのを事実上禁じてきた。新基準では、これを「過去40万年以内」に拡大する見通し。

柏崎刈羽原発1、2号機の原子炉建屋直下には、過去24万年以内に活動した可能性のある断層がある。新基準では、活断層直上への重要設備の建設禁止を、現在より明確化する。

検討チームの会合は29日午前10時から。ホームページ（http://www.nsr.go.jp/committee/yuushikisya/shin_taishinkijyun/）で資料と映像を公開する。

教育は心にするもの

「夜回り先生」

水谷修さん 56

体罰考

そもそも学校教育法は、懲戒として宿題や居残りなどをさせることはともかく、体罰は認めていません。懲戒も、生徒に問題行動があった場合のみの話です。試験で答えを間違えることや部活でミスをすることは、問題行動でしょうか。大阪市立桜宮高校で起きたのは、懲戒でも体罰でもなく、単なる暴力です。

僕は21年間の教員生活で、子供をどなったり、脅したりしたことは一度もありません。なぜなら、それは教育ではないから。教室で騒ぐことや物を盗むことは、他人

う本質に気づかせないといけません。教育は生徒の心にするものであって、断じて体にするものではないのです。

定時制高校では、部活で有名な学校の運動部で暴力を振るわれ、転校してきた生徒も見ました。不良になって暴力団に入った生徒、なんとか頑張って立ち直った生徒もいました。いずれも大事な青春時代を狂わされたことに変わりはありません。

どんなに部活で実績を上げても、その裏で何人の生徒が犠牲になったのか検証が必要です。目先の勝ち負けでなく、大事な生徒の人生を預かっているという意識を今一度、教育現場で徹底してほしいと思います。

…人学級拡大 見送り

いじめなくす方法 中高生が話し合う

日教組教研集会

佐賀市で開かれている日…

…を配って、もっと私たちと話してほしい」と教師の努力を求める声も上がった。

01

陸上孤島的老人們

日本的採購難民

身體好的人可以騎自行車，但是下了雨怎麼辦？有錢人可以搭計程車，但是領取養老金生存的大多數人怎麼辦？

根據日本政府經濟產業省的調查，日本全國目前約有六百萬人面對著採購困難。這些人主要是六十五歲以上的老年人，單獨或夫婦兩個人生活，身邊沒有年輕人可以幫忙，自己又不會開車。家附近的超市一關門，他們馬上就面對採購困難，即使有錢也買不到食品，搞不好會導致生命危機。

一九九〇年代以後，日本各地開張了大規模購物中心。效仿美國，那些購物中心都位於幹線道路邊，具備巨大停車場，主要爲開車一族服務。本來不會開車，或者上了年紀以後交還了執照的老年人，無法到郊外的購物中心去。可是，那些店吸引了大量年輕顧客的結果，原先在住宅區的小商店、超市、便利店等統統都關門。曾經在英國受到關注的「食品沙漠（food desert)」現象，在日本也出現了。

問題在於日本的人口老化進行得比哪個國家都快。人口老化帶來人口減少和全體消費力之低落，不僅導致商店關門，而且各地的公車路線也因爲虧損陸續被取消了。也就是說，既沒有鄰近的商店，又沒有交通工具到遠一點的購物中心去。身體好的人可以騎自行車，但是下了雨怎麼辦？有錢人可以搭計程車，但是領取養老金生存的大多數人怎麼辦？網路服務發達的今天，年輕人買東西比以前方便多了。可是，老年人一般都不會用電腦，科技的發達幫不了他們。採購困難顯然也是「數位分隔(digital divide）」的另一面。

在山區，採購困難向來存在。現在，小鎮或大城市郊區也越來越像山區了。尤其是一九七〇、八〇年代新開發的住宅區，當初招攬了一區一家超級市場。後來，住宅區的孩子們長大搬出去，區裡僅有的一家超市這幾年陸續關門。結果出現了好多「陸上孤島」。政府方面，對水電煤氣、郵政、治安、醫療、義務教育是負責的。但是，提供商品一向被認爲是商業活動，因此缺乏公共輔助。

現在，部分連鎖超市嘗試引進老年人容易用的touch panel式訂購終端機。各地也紛紛成立非盈利組織幫助老年人採購。一些地方政府亦經濟上輔助汽車行商。但是，人口老化進行得實在特快。有些老人已被迫賣掉郊區的房子而搬到市中心的租賃公寓來。專家指出：除非中央政府主導適應新時代的都市規劃政策，把老年生活需要的各種設施集中在一處，否則行動不方便的老人家即將在各地孤立起來，猶如颱風天的山民。

02

因為消費力而大大改變態度

日本歡迎大陸遊客

當初對中國大陸有所偏見的日本人，看了人家的消費力量後馬上改變態度。爲了配合陸客需要，日本的各家百貨公司、商場等，最近紛紛雇請會說中文的員工。

從二〇一〇年七月一日起，日本政府對中國大陸的中產階級開始發行個人旅行簽證了。之前，只有每年收入超過二十五萬元人民幣的富裕大陸人（大約一百六十萬家庭）才能申請日本簽證。現在，凡有固定工作和年薪六萬元人民幣或者黃金信用卡（共一千六百萬家庭），就全家都可以來日本個人旅行了。居住地限制也從之前的北京、上海、廣州三地，擴大到青島、大連、瀋陽、重慶。對日本觀光業者而言，一夜之間陸客市場擴大了十倍。據日本政府觀光廳的調查，大陸遊客的平均消費額爲十二萬八千日圓，比台灣人（十一萬八千日圓）、韓國人（六萬八千日圓）都多，讓日本商家好期待陸客消費幫助改善經濟景氣。

二〇〇九年來日本旅遊的外國人總共有四百八十萬人，其中最多是韓國人（一百一十萬），其次是台灣人（九十一萬），第三名是大陸人（四十八萬）。隨著個人旅行的進一步開放，觀光廳估計二〇一〇年底以前，日本觀光消費市場的最大顧客群將來自中國大陸，訪日人數會達一百八十萬。

直到二〇〇九年六月，日本政府對中國人只發行團隊旅行簽證。他們參加爲期五到六天的旅遊團，專門走東京、富士山、大阪三地，跟當地日本人接觸的機會不多。然而，個人旅行一開放，就有七千七百人被批准，其中不乏特別顯眼的超級富翁，到秋葉原家電店一下子花上一百萬日圓，購買高級手錶、作爲禮物買半打高檔電鍋要帶回去，讓長期處於經濟低迷中的日本人目瞪口呆。二〇〇九年被中國蘇寧電器收購的

LAOX家電量販店就成功地吸收大陸遊客，今年的營業額比前一年增加兩倍。

當初對中國大陸有所偏見的日本人，看了人家的消費力量後馬上改變態度。爲了配合陸客需要，日本的各家百貨公司、商場等，最近紛紛雇請會說中文的員工。高島屋百貨公司跟東京香格里拉酒店聯繫，爲中國房客提供免費的陪購（翻譯）服務。裝修後新開張的三越百貨公司銀座店也配置了八名雙語服務員在入口櫃台常駐。全日空航空公司開設了中文版網頁。東京的三家王子酒店全部房間內，從七月一日起能收看中文電視節目了。另外，日本各家旅行社已開始推銷「醫療觀光」，讓外國遊客能夠在日本大規模醫院接受先進水準的健康檢查，價錢從十萬日圓到一百萬日圓不同。

03

來與去之間的矛盾

日裔巴西人的苦楚

第一代移民和孫子女之間，往往存在溝通問題，搞不好就鬧起家庭暴力來。總的來說，許多孩子失去了健全的成長環境。

自從二〇〇八年的金融海嘯，亞洲各國經濟有復甦的趨勢，日本經濟卻仍處於低迷中。尤其是從南美巴西老遠來打工的日裔巴西人，遭受的打擊特別大。

金融海嘯發生的二〇〇八年恰巧是日本人開始移民巴西一百週年。自一九〇八年起，從日本去巴西當農業移民的總共有二十五萬，到了上世紀末，巴西的日裔人口多達一百五十萬了。日本農民勤奮耐勞，又重視孩子的教育，結果在旅居地紛紛出頭，第二代幾乎都成爲中產階級人士了。然而，一九八〇年代，巴西面對債務危機，一年的通貨膨脹率竟達到一六二〇%。當時，日本正處經濟高峰期，缺乏勞動力。於是一九八九年，日本更改出入國管理法，歡迎日裔巴西人來打工了。曾經一度，在日本的巴西人超過了三十萬。

如今成了巴西語的「**Dekassegui**」一詞，源自日語的「出稼（出外做活）」，本來是「農閑期從農村去城市打臨時工」的意思。在一九九〇年代的巴西，這詞倒意味著「過洋去發財」了。日本的工資水平比巴西高十倍，只要夫妻倆夜以繼日地拚命打工，即使不會講日語，十年內能在聖保羅市內可買三棟房子。然而，凡事都有代價。首先受影響的是孩子們。有些小朋友跟父母一起來了日本，但是由於語言能力不夠，在普通學校待不下去，要麼轉學去學費昂貴的巴西學校，或者留在家裡浪費時光。有些小孩則跟祖父母留在巴西，但是第一代移民和孫子女之間，往往存在溝通問題，搞不好就鬧起家庭暴力來。總的來說，許多孩子失去了健全的成長環境。

金融海嘯一來，日本工廠就解雇了巴西籍臨時工。收入斷絕，大約有五萬人離開了日本。他們之中，多數是大學畢業生，但在日本，一直從事體力勞動，換句話說，專門賣力，甚麼技術、知識都沒有學到。其間，巴西經濟越來越發達，如今是世界第八名的經濟大國了。日裔人士回去以後發現：在今天全球化的人才市場，非得有電腦技術和英語能力才能找到好工作的。

一百年以前，日本政府把移民送出去，爲的是壓制國內人口。二十年以前，歡迎他們回來，爲的是彌補國內的勞動力不足。經濟一低迷，又要把他們推回去。日裔巴西人的處境令人同情；他們落地生根，落葉歸根都很困難的。

04

我們漸漸越離越遠了

無緣化的日本社會

大家冷靜觀察自己的周遭，不能不發覺：鄰居、熟人、親戚，甚至家中，確實有人多年不見了。他們究竟怎麼了？我們爲甚麼沒有問個究竟？

九月第三個星期一是日本的「敬老之日」。原來在九月十五日慶祝的「敬老之日」，二〇〇四年改到第三個星期一，是爲了增加長週末，讓年輕人多一次機會去外地旅行，根本沒有考慮老人家的利益。現在回想，日本敬老思想之沒落，是早就開始的。

每年「敬老之日」前，日本各地的公所發表，當地超過一百歲以上的老人有多少名，然後各位市長、村長紛紛拜訪當地頭號老壽星，贈送禮金或紀念品。今年，同樣報導卻令全體日本人感到怪不好意思。七月底，東京足立區發現了一百一十一歲老人家的木乃伊。他是三十多年前在家中去世的。死人的太太、孩子、孫子女都住在同一棟平房裡，卻沒有請醫生，也沒有報亡，反之替他申請養老金，總共騙取了將近一千萬日圓。

令人眞正驚訝的是，在之後的一個月裡，日本全國發現了許多宗類似案件。有人把母親的骨灰藏在背包裡，有人把父親的屍體埋在垃圾裡，顯然沒有能力辦喪事，偏偏沒有忘記領取養老金。還有更多人，早就跟老人家失去了聯繫，後來在哪裡健在還是已經去世都不曉得，被政府官員詢問時，只要沒騙取養老金就心中無愧，沒甚麼不妥當似的。

當初，報紙的社論、電視上的評論員都搖頭嘆息：日本社會甚麼時候成了這樣子？之後，大家冷靜觀察自己的周遭，不能不發覺：鄰居、熟人、親戚，甚至家中，確實有人多年不見了。他們究竟怎麼了？我們爲甚麼沒有問個究竟？不是因爲覺得麻煩，所以寧願視而不見的嗎？

都不下的。我每天早上爲棒球隊員兒子做便當，好擔心運動包裡面的食物會不會中午以前就變壞。日本人經常在飯糰中間塞個梅乾，因爲梅乾有殺菌作用，防止腐敗。但是，我兒子偏偏不能吃梅乾，他最喜歡吃美乃滋鮪魚飯糰，那又偏偏是最容易變壞的。經商量，我整個夏天都做了味噌燒飯糰：把一小匙味噌塞在飯糰中間，然後在平底鍋上烤到米飯稍微焦黃，最後把一點醬油塗在外表，使水分蒸發掉即可。這樣的飯糰該比較耐放，只是做起來花時間，何況另外也得做炸雞塊或炸豬排，而且這些都得先做好後，用電風扇弄涼，才能塞在便當盒裡的，否則一密封就開始腐爛了。

做好的便當要用手帕包起來，跟保冷劑一起放在銀色的保冷包裡，爲了降下溫度，也把冷凍的營養果凍放在旁邊。水壺裡則要裝滿冰冷的運動飲料。這樣子，一個球隊員的午飯終於完成了。兒子的學校離家不遠，中午以前送便當去不是比較保險嗎？但是日本中學生主張：母親送午飯來，太婆婆媽媽了，做兒子的會丟臉。我相信日本全國的媽媽都跟我一樣盡力。但是，每天的晚間新聞，仍然有中學球隊員中暑叫救護車送到醫院去救命的消息。畢竟母親的努力不能下降球場的氣溫。

九月的日本，在常年來說是一年裡最舒服的季節了。但今年九月，氣溫還是天天超過三十五度。此間小學的教室都沒有冷氣，三十多個小朋友坐在教室裡上課，簡直是拷問。何況爲了準備十月初的運動會，全體師生每天都要在炎熱的操場裡排隊、站立、行進、快跑、排練舞蹈等。校方爲了防止同學昏倒，發出了緊急通知：請各位家長讓小朋友戴帽子，帶冰冷的健康飲料、保冷圍巾等上學。

日本有句俗話說：冷天熱天都到春分秋分爲止。十月初，我女兒的小學舉行運動會那天，東京的最高氣溫二十四度，只是陽光異常灼熱，紫外線特別厲害。我加油了一天，回家照鏡子看自己的臉，一時想不通：怎麼曬得跟熱帶居民一樣黑？

06

強勢與弱勢之間

21世紀的釣魚台問題

如今富裕的中國，除了反日憤青，還有不少逍遙派，等著機會周遊《非誠勿擾》的北海道，唱著《知床旅情》兜風，說不定還想流淚洗滌心靈。

二〇一〇年中國的GDP第一次超過日本，不能不顛翻中日兩國之間的勢力平衡。自從一八六八年明治維新，日本一貫比中國強大。這期間的中日關係，基本上是日本欺負中國的歷史。最初是一八七四年、西鄉從道率領的日本軍隊侵襲了南台灣的牡丹社事件；跟著是一八七九年，廢止了琉球王國的「琉球處分」。然後就是一八九四到九五年，甲午戰爭以及接收台灣的乙未戰爭。想起這些歷史來，今天中日之間的矛盾以東海釣魚台問題爲開端，頗有歷史來找日本算賬的意味。

釣魚台問題，可以說是幾十年來的老問題。只是，過去的日本一直視之爲單純的資源問題，跟台灣、中國都視之爲嚴重的領土問題，認識上有相當大的差距。直到二〇一〇年九月，日本第一次發覺：原來釣魚台是領土問題。《每日新聞》一篇論文竟然把中國漁船比作十九世紀中迫使鎖國中的日本開國門的美國「黑船」。可見，日本人受到的震撼多麼大。

認識之轉變，還是主要來自經濟角鬥上的勝負；以前的中國不敢惹日本，今天日本才不敢惹中國了。曾經中國憤青罵「小日本」，只是阿Q罵著出氣而已，今天他們罵起「小日本」來，著實嚇壞倭寇的子孫。無奈的日本只好假美國之威，以日美安全保障條約爲盾牌。束手無策的菅直人首相，令人聯想到李鴻章。

最可憐的是位於兩個大國之間的小島。這次的反日遊行，憤青喊出「收回琉球，解放沖繩」的口號。沖繩有很多人認爲當年的「琉球處分」豈有此理，甚至希望獨立於日本。但是，沒有人願意被中國解放的。

沖繩本來是獨立王國，一方面朝貢明清，另一方面向日本薩摩藩納稅，在「兩屬」狀態下，仍保持發展獨特文化。「琉球處分」後卻淪落爲日本的國內殖民地，太平洋戰爭末期的沖繩戰役死了二十萬人。至今日本的美軍部隊大部分都在沖繩。民主黨政權二〇〇九年上台時承諾過減少基地，後來不能取得美國的同意，因爲沖繩鄰近台灣海峽，有朝一日發生危機，美國阿兵哥要從這裡出動的。

如今富裕的中國，除了反日憤青，還有不少逍遙派，等著機會周遊《非誠勿擾》的北海道，唱著《知床旅情》兜風，說不定還想流淚洗滌心靈。經濟緊迫的日本倒是反中情緒一邊倒。過去的侵華戰爭是整個日本民族的原罪，揮之不去的噩夢。現在，經濟上弱勢的日本人竟把小漁船看錯爲佩理的大艦隊。視力之差，怕是受了大日本帝國的詛咒。

07

飄揚太陽旗下

日本人與國旗

在富國強兵的國策下，大日本帝國領有台灣，侵略中國，最後向美英法荷等同盟國發動戰爭，當年日本軍隊打的旗子是「日之丸」。

我家住在公寓十一樓，從客廳眺望下去，就能看到日本國立一橋大學的校園。每逢節日，在教學樓的屋頂上，飄揚著日本國旗「日之丸」（太陽旗）。因爲是節日，大學大門關著，教學樓的門口也關著。通往屋頂的門則一定鎖著，否則會有不逞之徒接近國旗，要把它拉下來。

屋頂上升起國旗的，不僅是一橋大學。日本國內很多大學、中學、小學，以及政府機關，都在屋頂上設有懸掛國旗的桿子。這是校長無可奈何做出的決定。一方面有各級政府的指示，要求學校機關升國旗；另一方面有左派團體，把「日之丸」視為軍國主義的象徵，非得拉下來不可；但是，一旦把國旗拉下來，就會招來極右團體的宣傳卡車，大聲譴責學校領導出賣了國家尊嚴。

太陽旗的歷史至少追溯到中世紀。十九世紀中，日本開始跟西方國家建立外交關係，尤其在一八六八年明治維新後，把它當作國旗，把「君之代」當作國歌了。在富國強兵的國策下，大日本帝國領有台灣，侵略中國，最後向美英法荷等同盟國發動戰爭，當年日本軍隊打的旗子是「日之丸」。

戰後的日本否定軍國主義，在美軍佔領下採用了民主憲法。但是，並沒有因此而制定新的國旗，國歌。前後四十多年，「日之丸」和「君之代」都沒有法定地位。直到一九九九年，當日本國會討論「國旗國歌法」之際，少數人質疑了「君之代」的歌詞是否符合民主時代，但是對於太陽旗，幾乎沒人提出反對。大家以為，從此以後日本人跟其他國家人民一樣，能平心對待國旗、國歌了。

然而，「國旗國歌法」成立以後，右派政治家（如東京市長石原愼太郎）開始強制學校師生在入學、畢業典禮上敬禮國旗，齊唱國歌。這麼一來，左派教職員工會就吃不消了；不僅令音樂教師拒絕彈鋼琴伴奏「君之代」，也教導學生向「日之丸」低頭等於重走軍國主義道路，校長強制這些儀式程序等於壓迫同學們的良心自由、違反憲法。

今天在廣大社會上，多數日本人對「日之丸」和「君之代」沒有反對情緒。在奧運、足球世界杯等場合，大家很自然地揮國旗，唱國歌。但是，在媒體上，則有人指出：這是微型愛國主義，應該提高警惕。日本軍國主義失敗後已經六十五年，在國旗、國歌上的烙印還沒有消失。每逢節日看到一橋大學屋頂上飄揚的太陽旗，我都希望，日本人早日能擺脫歷史的糾葛，光明正大地做起世界公民。

08

零下十度

高野山的元旦

高野山雖然位於日本西南部的紀伊半島，但是海拔大約有一千公尺之高，連酷夏都滿涼快。一到嚴冬就一切都冰凍。即使在屋子裡，吐氣中的水分馬上凍結成霜，顯得白白的。

二〇一一年的元旦，我在世界文化遺產高野山上迎接了。一年前，我在台灣南端墾丁海灘，當日氣溫有二十四度，記得在福華飯店的戶外泳池游泳一下，然後看著巴士海峽的美麗景色舒舒服服地泡了漩渦熱池。二〇一一元旦，高野山的氣溫則冷達零下十度，而且雪越下越大，差不多有五十公分深了。

高野山雖然位於日本西南部的紀伊半島，但是海拔大約有一千公尺之高，連酷夏都滿涼快。一到嚴冬就一切都冰凍。即使在屋子裡，吐氣中的水分馬上凍結成霜，顯得白白的。

眞言密宗的聖山上沒有普通的飯店旅館，提供住宿的只有「宿坊」即寺院宿舍。我們住的赤松院，據網頁上的介紹說，具有跟商業飯店同等的設備。但是，一開門進去，看到的員工都是光頭的和尙，整體氣氛好嚴肅，果然不是來瞎鬧的地方。

「宿坊」的早飯和晚飯，都在榻榻米大廳裡，跪著集體就餐的。一人一張小矮桌上，擺著蔬菜天婦羅、芝麻凍、紅燒竹筍、豆腐乾等日式素菜，因爲氣溫實在太低，全都幾乎冰凍著，令人不容易吃下。好在日本佛教不忌諱酒水，問和尙「有無般若湯？」馬上端來熱清酒，一小瓶六百日圓，比居酒屋貴一些。

高野山的歷史追溯到西元八世紀，去長安取經的空海弘法大師，回日本後開闢了眞言宗金剛峰寺。後來的一千兩百年，日本的許多皇族、武士、商人都到這裡來參拜過，並且建設墓碑爲祖先進香。現在，山上的寺院多達一百一十七間，另外也有高野山大學傳授佛教哲理。

二〇〇四年，聯合國教科文組織登記「紀伊山地的聖地與參拜道」爲世界文化遺產之一。從此外國遊客大幅度地增加。這次在赤松院，我都見到了不少西方人。他們在和式房間裡住，跪著吃素菜，到外面寺院參觀，但是沒有參加早上的「勤行」（念經、燒香），恐怕是宗教不同的緣故。至於日本遊客，元旦前後來高野山的目的，一般是爲全家祈禱好運。

我們在拜訪親戚長輩的路上，順便住宿一夜，元旦踏雪走一小時路到弘法大師即身成佛的洞穴參拜了。嚴冬的高野山非常冷，但是特別漂亮，也充滿著虔敬的氣氛。參拜完畢，好比整個人都被洗滌了一般，感覺相當爽快的。去高野山，從大阪難波站坐南海電車和纜車，總共九十分鐘，交通相當方便。住赤松院，能在網路上（http://yado-ichiba.com/search/hotel_plans/6416109）訂房。

09

歷史找日本算賬

二〇一一年台灣、日本、中國

日本大公司去中國市場推銷商品，懶得把日文說明書翻成中文，怎能吸引中國消費者呢？日本公司這樣的做法，其實沿用了他們過去在台灣做生意時的態度。

二〇一一年初去了一趟台灣。上一次是一年前，這期間台灣社會風氣的變化比我想像得大許多。

首先，這次大家都說「現在景氣好，辦尾牙訂飯店宴會廳都好難喔」。跟日本越來越看不到復甦轉機的經濟狀況相比，眞教人羨慕至極。景氣好，自然人們的心情也好，果然街頭巷尾看見的笑容都比去年多呢。

其次，台北的大陸人很多了。在我投宿的飯店，早晨在餐廳吃飯的，顯然一半以上是大陸住客。免費發的小報登的消息，百分之百有關大陸。雖然這一家、這一份屬於例外，這樣的鏡頭僅僅一年以前也想像不到的。當時已經有直航，有大陸旅遊團和出差人士，但是他們顯得很緊張，台灣人對他們的視線也相當嚴厲。記得有一個台灣朋友說，「看見大陸人就想起幾十年前台灣還貧窮的時候，令人尷尬死了」。而這一次呢？來出差的大陸商人，大概已經來過很多次了吧，在台北咖啡廳談生意的神態，跟他們在上海、北京一樣，泰然自若。台灣人的態度也一年裡變得放鬆很多。去年說「尷尬死」的朋友，今年則說「習慣了。台灣人的適應力向來滿強的。否則我們怎麼生存？」

看來，台灣景氣之好和兩岸關係的改善之間有很密切的關係。其實，日本經濟一直低迷也跟中日關係的僵化頗有關係。

二〇一〇年中國的GDP第一次超越日本，成爲世界第二經濟大國了。任何國家要把經濟搞好，都不能不跟中國保持良好關係。然而，日本社會自從小泉純一郎執政時期（二〇〇一至二〇〇六）起，官方和民間都對中國越來越敵視。過去一百年當了亞洲老大的日本，非得把那位置讓給中國，從此得聽他的。這狀況讓多數日本人吃不消。

日本經濟低迷，一個原因就是日本企業在中國市場的成績不好。有個中國籍評論員指出過：日本大公司去中國市場推銷商品，懶得把日文說明書翻成中文，怎能吸引中國消費者呢？日本公司這樣的做法，其實沿用了他們過去在台灣做生意時的態度。二戰結束以後許多年，去台灣的日本人仍然保持宗主國心態，把日本商品直接帶到台灣去賣，根本沒考慮當地消費者的方便。他們在大陸做同樣的事情，中國人則不會接受，因爲他們看得出個中的不尊敬，有意無意的瞧不起。

所以，我認爲，目前日本經濟低迷是歷史找日本算賬。歷史事實無法改變，但是我們對待歷史的態度是可以改變的。只是教廣大日本人明白這一點，實在談何容易。

10

這個世界曾擁有的理想主義

懷念冷戰時代

日本人曾經享受到的各種福利，一個接一個地消失。昨天以爲天經地義的東西今天不見了，明天還會失去什麼？生活中沒有了安全感。

如今沒落的日本人常常懷念昭和時代末期（一九八〇年代）。好比那是一去不回的美好童年。當時我們天眞地相信歷史會永遠進步，生活會永遠改善。那美夢破滅，現在回想是一九八九年開始的。

那年一月七日，裕仁天皇去世，長達六十四年的治世終於結束。記得在電視上看到政府發言人公佈新的年號時，很多日本人不約而同地感到了小小的失望和不安，因爲「平成」兩個字看起來不夠分量。當時誰也不曉得十個月以後柏林圍牆塌下，世界即將經歷大變動，也不曉得第二年初日本的泡沫經濟將破裂，國內股票總值要跌成一半。

我們戰後一代人懂事的時候，世界已經處於冷戰狀態。美國牽領的西方陣營和蘇聯牽領的東方陣營把世界分成兩半，互相對峙。日本屬於西方陣營，在美國的保護傘下，不需要負擔國防費，專門邁進於經濟建設的道路即可。果然生活一年比一年好。當時，巨大鄰國人民則忙著搞繼續革命，好像也造成了對日本有利的條件。

當年的西方陣營，經濟上採用資本主義，思想上標榜自由主義。我們可憐社會主義陣營國家的人民不僅吃不飽飯，而且生活各方面都缺乏自由。我自己一九八〇年代去中國（東西兩陣營之外的第三世界領袖）留學，聽過當地朋友主張社會主義的優越性，但是從來沒有被說服，因爲冷戰時期的日本人享受到的社會福利相當可觀。

當年日本終身雇傭制很普遍，學校畢業找到的工作，一般來說直到退休都不會丟；公務員以及大企業員工都享有工作單位提供的醫療保險和養老金；住房有單位以低價租賃的宿舍（「官舍」和「社宅」）；要買房子的話，亦可向單位申請貸款，利息比銀行便宜；想去度假，國內各地分布著機關、公司擁有的「保養所」，設備不比商業飯店差，價錢卻才幾分之一而已；公司也鼓勵員工每月購買股份，成爲股東之一，多多少少參與經營。

諸如此類，在戰後的日本社會，各項福利往往是工作單位提供的。結果，人們視公司爲家庭，視上司爲長輩，同事之間的情感好比骨肉那麼親。再說，工會都屬於公司，優秀的員工先擔任工會領袖一段時間後，再加入董事會的情形也不少見。總的來說，當年的日本公司裡沒有勞資對立，大夥的利益都一致。那美滿關係的前提是：國家經濟持續發展，每年都有紅利可分。

一九九〇年（即，平成二年）經濟泡沫破裂，但剛開始的時候，多數人認爲：大概只是景氣變動所致，過了一段時間會再好吧，暫時一朝有酒一朝醉。誰會料到股市大跌導致房價大跌，銀行倒閉導致公司倒閉。從此以後，日本經濟很多年都找不出回升的轉機。

整個一九九〇年代，日本人只在乎國內的經濟問題，對世界環境的大轉變，沒能及時做出反應。在歐洲，柏林圍牆場下導致了東歐各國的政變；一九九一年社會主義陣營盟主蘇聯解體，從一九一七年的十月革命起持續了七十四年的社會主義政權從地球上消失了。那意味著，長達四十五年的冷戰時代也結束，人類進入了以美國爲唯一標準的全球化時代。原本是民主黨克林頓政權推行的互聯網，在共和黨布希政權下，開始往全世界推廣美國式市場經濟的遊戲規則。千禧年左右，日本媒體開始稱一九九〇年代爲「失落的十年」。幾乎同時出現了「第二次戰敗」的說法：打敗日本的是美國。

二〇〇一年上台的小泉純一郎內閣，爲了提高國際競爭力，把「弱肉強食」「自我責任」的原則引進到社會各層面來了。公司不再是大家庭，而是投資者隨意買賣的商品了。從投資者的利益出發，公司賣掉「社宅」「保養所」，也解雇老員工，以低薪雇請臨時工了。日本人曾經享受到的各種福利，一個接一個地消失。昨天以爲天經地義的東西今天不見了，明天還會失去什麼？生活中沒有了安全感。

但是，冷血政策也沒起作用，到了二〇一〇年竟聽到「失落的二十年」、「第三次戰敗」的說法了：這次打敗日本的居然是中國。原先說透過結構改革援救日本經濟的小泉純一郎，後來證明爲喪門星，而不是大救星。他多次參拜靖國神社，惡化了中日關係。但是，他執政的幾年裡，中國經濟不停地成長，直到世界上每一個國家都不能忽視中國市場而獨自生存，更不用說發達的地步。二〇一〇年中國GDP凌駕了日本的消息，徹底粉碎了日本人的信心。

二〇一一年是冷戰結束二十週年了。我最想念的是世界曾擁有的理想主義。當年日本雖然屬於資本主義陣營，長期由右派自民黨當權，但是國會裡的第二黨一直是左派社會黨。世界上的東西對立，在日本體現爲自社對立。選舉的時候，投給社會黨，能促進自民黨反省，也能迫使採用社會主義性質的高福利政策。當年在政黨之間的討論，除了經濟效果以外，也會涉及政治理念、世界觀的。而現在呢？政客們用的詞語毫無含蓄，髒話充滿著國會議事堂。在「失落的二十年」裡，日本人失去的顯然不只是經濟競爭力。

在二十一世紀的世界，「弱肉強食」似乎成了人類唯一的行動指標。什麼哲學、理想都不值錢，因而不受重視。我眞的懷念講起社會主義優越性就滔滔不絕的中國朋友。當時我們比的不僅是物質文明，還有精神文明，不是嗎？

宮城県気仙沼市

津波に押し流され、がれきで埋め尽くされた道路（12日午前9時16分）＝[illegible]撮影

（1面から続く）

午前8時過ぎ、[illegible]を飛び立ち、太平洋岸を南へ向かった。8時25分、青森県八戸市の[illegible]した家々が眼下にあった。[illegible]押し流された[illegible]が散乱している。沖では、押し流された[illegible]線を作っていた。

さらに南下し、岩手県に入る。海の表にある各都市の市街は津波にさらわれていた。地面が海水に浸り、日差しを反射して光っていた。続いて、白地の上を[illegible]が見えた（岩手県山田町）。

黒くすすけた街並み。岸に押し寄せていた[illegible]は遠い。穏やかな海面に[illegible]が漂っていた。8時52分、大船渡市。[illegible]のように海に張り出した[illegible]は完全に津波にのみ込まれ、何があった形跡すらうかがえない。わずかな高台に十数台の乗用車が集まっているのが見える。車外に人の姿も見える。ぼうぜんと上空を見上げていた。

[illegible]ように漁船が打ち上げられ、建物の瓦礫を押しつぶしていた。

[illegible]なのか。[illegible]しみながみ上げた。（[illegible]）

「食料ください」

地震、津波の後、大火に見舞われた宮城県気仙沼市内。一夜明けた12日、見渡す限りがれきの山、山、山となっている。火災は黒煙があがり、延焼が続いている。

JR南気仙沼駅の駅舎は跡形もなくふっとび、プラットホームだけとなり、無残な姿をさらしている。近くの中央公民館は2階天井まで津波が達し、3階に住民らが避難している。

周囲は津波で押し流された車が折り重なり、近くを流れる大川には、倒壊した住宅や大型のトラックも流されている。大川は今も、海からの波が押したり、引いたりし続けている。

市中心部の魚市場に向かう道には木のくずやがれきが積もり、先に進めない。がれきの上に、中型の漁船や魚も打ち上げられ、どろまみれ。そんな中でも自宅から[illegible]として、歩き進む市民の姿も見られる。

気仙沼市の会社員[illegible]

[illegible]さんらは、[illegible]避難所を出した後、[illegible]逃げようとしたがしかし、[illegible]橋の上は大渋滞。車を捨てて、近くのマンションの空き室に入れてもらった。[illegible]後に[illegible]「もう少し遅ければ死んでいたかもしれない」と声を震わせた。家族とメールで連絡をとろうとしたが、とれていないという。（秋山洋成、小野健太郎）

[illegible]避難をとっている[illegible]話した。市内に[illegible]避難所が設けられ、約1万人を[illegible]いう。気仙沼市[illegible]の[illegible]さん（[illegible]）は、「[illegible]見たら、完全に[illegible]何もなかった」と[illegible]せた。（[illegible]）

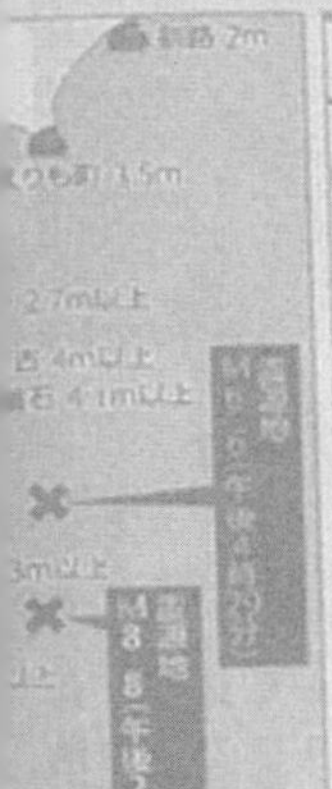

津波30分で来襲

仙台 広い平野 逃げ切れず

東日本巨大地震で津波による死者・行方不明者が数多く出ているのは、地震発生から津波来襲まで最短で30分余しかなかったことが原因である可能性が高い。特に多数の被害者が発見された仙台市は高台まで遠い平野が多く、被災者は押し寄せる高波にのみ込まれてしまったと見られる。

気象庁の津波観測によると、津波の高さが高くなるリアス式海岸の岩手県大船渡市では地震発生約30分後に3・2メートル以上の津波が襲った。平野部の福島県相馬市では約1時間後に7・3メートル以上の津波を観測した。岩手県の釜石市や宮古市、宮城県石巻市でも地震約35分後に4・1〜3・3メートルの津波が来襲した。

同庁によると、今回の地震によって北は岩手県北部、南は茨城県北部の沖合の広い範囲で津波が発生したとみられる。地震の規模から推定した震源域は、南北約400キロ・メートル、東西約200キロ・メートルに及び、このうち一部は陸地に極めて近い場所に分布している。「そういった場所では、最初の波の到達が早かった可能性がある」（横山博文・同庁地震津波監視課長）という。

一方、地震による通信回線切れや津波による故障で、東北地方を中心に約30か所の津波観測計から[illegible]が送られてこなくなっている。[illegible]が故障した地点では[illegible]いない状態だ。横山課長は「[illegible]データ[illegible]も津波は続いており、解除の見通しは[illegible]いない」としている。

火災 漏れた

今回の東日本巨大地震では、津波に襲われた街の各所で火災が発生した。

火災は、住宅やさまざまな建造物を破壊する津波に伴って発生しやすい。[illegible]研究所アジア・太平洋[illegible]研究センターの[illegible]（[illegible]工学）によると、津波発生時には、[illegible]から漏れたガスに[illegible]どで火がつく。灯油があれば、タンク[illegible]灯油が散り、火災[illegible]原因になるという

【貳】

311之後

冷却機能が喪失

半径10キロに 避難指示を拡大

日本巨大地震に伴う東京電力福島第一原子力発電所の危機は、放射性物質を含む水蒸気を環境に放出するという非常事態に発展した。原子炉を冷やす電力を断たれた東京電力福島第一発電所1号機で、納まった原子炉の格納容器内の圧力を逃がす国内初の緊急措置。最悪の事態を回避できるのか、綱渡りの作業が続く。

原子力発電は、核反応を起こす燃料棒を、内部を水で満たした分厚いステンレス製の圧力容器に収容。放射性物質を外部に逃がさないよう、これを鋼鉄製の格納容器に入れ、さらに鉄筋

た多重構造だ。

ところが1号機は緊急停止の後、非常用ディーゼル電源が起動せず、核反応の余熱を除去するため、炉心に水を循環させるシステムが機能しなくなった。この結果、圧力容器から水蒸気が格納容器に漏れ出し、格納容器の破損が懸念されるほどの圧力上昇を招いたとみられる。

12日朝、格納容器内部の圧力は設計値の約2倍に上昇。福島第一原発の正門前で計測した放射線量は通常時の70倍、さらに1号機の中央制御室の放射線量は、約1000倍に達していることも

50[illegible]。そこに1時間いた場合の線量は、胃のレントゲン検診の約4分の1程度に当たる。

炉内の水位が下がったのに伴い不安定な状態が続く。炉心トラブルが発生している可能性も出てきた。

放射性物質を多重構造の中に閉じこめるには、建屋の内部気圧を外部より低く保つ必要がある。建屋内の格納容器内の圧力を下げるには、建屋の弁を開け、外に水蒸気を逃がすしか手がなかった。電源が回復しない中、手動で弁を開ける危険な作業だ。

[illegible]不可能となったことを受け、政府は午前5時44分、避難指示の範囲を半径3㌔から10㌔に拡大した。一方、福島第二原発でも、1、2、4号機の格納容器内の圧力[illegible]が100度を超え、冷却機能が喪失したとして、国が緊急事態を宣言する事態となっている。

保安院の想定超す

原子炉格納容器内の圧力を下げる作業が始まった福島第一原発1号機の緊急事態は、経済産業省原子力安全・保安院の当初の被害想定を上回る危険水域まで達していることが12日わかった。

政府の緊急災害対策本部が公表した資料によると、昨日午後10時の時点で最悪の事態が想定されたのは、原子炉の水位が異常低下した同原発2号機。想定では、水位低下で、核燃料棒が露出し、溶融。最悪の場合、[illegible]するシナリオを描いていた。実際は、水位が安定し、放出は不要だった。

燃料損傷の危険が迫っていたのは、実は1号機だった。12日午前2時半に、格納容器内の圧力は、通常時の2・1倍の840㌔・パスカルに達していたことが確認された。想定をはるかに超え、燃料の溶融が起きていてもおかしくない事態だった。

圧力を下げる作業が行われる前は1号機では、[illegible]器内の中央制御室の放射線量は、通常の1000倍に達している。現時点では放射線量は少なく、燃料の損傷を示すような物質は検知されていない。すぐに炉心溶融につながる最悪の事態（過酷事故）に発展はしないものの、放射性物質の漏えいの原因につながるような内圧の上昇、何らかの燃料棒の損傷や異変が起きている可能性がある。

このような状況では、炉心が過熱している恐れがある。それが圧力上昇の原因とも考えられる。[illegible]器に異変をきたすと、[illegible]却水を原子炉内に[illegible]緊急炉心冷却装置（[illegible]S）の稼働もでき[illegible]制御ができますま[illegible]る。微量の放射[illegible]む水蒸気が外部[illegible]る程度なら放射[illegible]が、燃料棒が損[illegible]し、水蒸気と反応[illegible]するような事態[illegible]大量の放射性物[illegible]放出されること[illegible]979年の米スリー[illegible]島原発事故と同[illegible]ケースになる恐れ[illegible]

今夜の電力 供給に懸念

東京電力は12日、地震の影響で福島第一、第二原子力発電所などの発電所や送電設備が稼働できないため、午後6時～7時に10

相当する300万㌔・㍗の電力供給が不足する恐れがあると発表した。東電は、12日の電力需要を3800万㌔・㍗と想定しているが、供給能力は3500万㌔・㍗にとどまる見通しだ。この供給能力には、中部電力に融通してもらう10

地震連鎖 M6以上20回

地盤に刺激

11日午後2時46分に三陸沖を震源として発生した東日本巨大地震に続き、長野県北部で震度6強の強い揺れが起きるなど、東北、中部、関東など列島各地で地震が相次いでいる。マグニチュード（M）6以上の

現在、合計20件発生した。震源周辺部の地盤が連鎖的に刺激を受け、地震が頻発していると専門家は見ている。

気象庁地震津波監視課の横山博文課長は同日、「今回のように日本各地の広域にわたって地震が多発した

のうち、同日未明に長野県北部で最大震度6強を記録した地震（M6・7）については「11日の東日本巨大地震の発生によって）地盤にかかる力が変化し、誘発された可能性がないとはいえない。ほかの地域でも地震

層型の地震で、プレート（岩板）の境界がずれた東日本巨大地震とはメカニズムは異なるが、M8・8の震

断層のズレ 長

史上最大の地[illegible]地盤のひずみの[illegible]た可能性がある[illegible]加藤照之・東[illegible]授（地殻変動）[illegible]の震源域での余[illegible]なく、広範囲で[illegible]ラスの地震が起[illegible]と見る。防災科

01

保持日常生活

震災與生活的藝術

世上除了眼前的現實以外，還會有另外的可能性。在具體的生活層面上，則要把房子打掃乾淨，然後每一頓飯都吃得好，以便把日子過得有尊嚴，到了時候不會有遺憾。

二〇一一年三月十一日。我會永遠記得那是個星期五。我本來打算晚上炸雞塊吃的。可是，下午二點四十六分，東日本大地震發生了。雖然身在離震源有兩三百公里的東京西部，那種震動是有生以來從沒經驗過的。在廚房，冰箱的門自動彈開，從裡面掉下一些食品來。廁所裡，馬桶的水都潑出來弄濕地板。更嚴重的是客廳裡養金魚的水槽，幾乎一半的水從上邊溢出來了。

當時兩個孩子還在學校，我馬上要去接他們。整理房子的事，全拜託老公了。可是，每兩分鐘來一次餘震，實在不容易走出門去。初中一年級的兒子先回來了。他說：「學校因爲地震早下課。咱們家公寓的電梯都停了。走上十一層來好辛苦喔。」我自己就走十一層的樓梯下去，在離家不遠的路上遇見了女兒。幸虧全家四口都沒有事。

晚飯要吃的雞塊早就醃好。但是，餘震很頻繁而且相當大，我不敢開煤氣點起火來做飯，更何況用大量的油。於是臨時把菜式改爲烤雞塊配馬鈴薯，用的是電烤箱。雖然味道稍微遜色於油炸的，但也不差，把紅酒倒入高腳杯放在盤子邊，算是一頓美餐了。只是不時發生的餘震讓我們無法忘記這是個多麼異常的一晚。餐室一角有中國古代的樂器編磬的模型，每次地面搖動，它都丁零丁零地響起來，乃無比優雅的警報聲了。

到了翌日，海嘯造成的損害之大，我們都透過媒體報導得知了。福島核電廠的狀況則是後來的幾天裡慢慢惡化的。週六在我家是打掃日。

每週六上午，我都花兩三個小時打掃整個房子。震後第二天，餘震還未停，我也照樣從臥房開始，經過書房、廚房、居住室、洗澡間，一直到廁所，統統地打掃乾淨了。

作爲兩個孩子的母親，我認爲關鍵在於保持日常生活，免得讓孩子們感到不安。當時已經聽到外面有許多心慌的市民跑去超市搶購杯麵、飲料水。幸好，我家冰箱裡有肉有菜，大米、麵包、乾麵等糧食也足夠吃上兩三個星期的。既然對未來沒有了把握，應該珍惜每一天的時光吧。因此，把居住環境保持乾淨舒服比平時重要，一天三餐吃美味也更加要緊了。

這種生活態度，我其實是跟中國人學的。

我清楚地記得二十幾歲時候看鄭念（一九一五～二〇〇九）寫的英文書《Life and Death in Shanghai（上海生與死）》所受的震撼。在衆多文革回憶錄當中，給我留下了最深刻印象的就是那本書。作者燕京大學畢業後去倫敦念碩士，回到中國，在剛解放不久的上海任職於英國貝殼牌石油公司。她描寫當年過的日子，簡直跟歐美老電影中富家女人的生活一般，充滿著西方貴族味。我邊看書邊想像上海鄭公館像什麼樣子，應該是電影《飄》中美國南部豪宅那模樣吧？然後，有一天，她被紅衛兵抓去關在「牛棚」裡。那是滿地灰塵的倉庫。貴婦人被迫睡在骯髒不堪的環境裡，可怎麼辦？她呢，泰然自若地拿出衛生紙來，一張一張地貼在破床周圍，給自己製造了能忍耐的空間後，才心平氣和地閉目休息的。

多麼厲害！該說到底是上海人吧！從她文字，我學到了：有自尊心的人，無論在什麼情況下，都能把日子過得有尊嚴。那樣子，即使她的肉體被紅衛兵約束著，她的精神並沒有被打垮，仍然保持著自尊心。而有尊嚴的日子，就是從乾淨的居住環境開始。

中國式思維很具體，因此在日常生活的層面上能發揮優勢。這一點對我這個日本人來說尤其有吸引力。我想起來林語堂寫過《生活的藝術》，就不外是中國式思維在西方文化裡盛開的一朵花兒。

某一年在多倫多大學，我同班同學裡有個新加坡華人叫陸美。有一天，我中午帶她回家，要做便飯一起吃。那是冬天而且是北國的冬天。

但是說到便飯，除了三明治以外，我什麼都想不起來。「我們吃三明治好嗎？」我問了她。陸美沒有說什麼，可是我明白了她是不願意吃三明治的。「那麼，弄義大利麵吧」。這回她顯得高興。當我做好兩碗肉醬義大利麵端到桌上去之際，她清楚地說道：「吃熱的是享受」。那一句話，我後來牢牢記住，因爲之前在日本和加拿大，沒有人教過我「吃熱的是享受」。我相信那是陸美受的華人家教之一部分。

我在人生道路上學到的中國式生活藝術可不少。關於吃，香港出身的歌星陳美齡則在一本書裡寫過：中國家庭重視飲食和教育，都是一旦攝取到肚子裡以後，誰也不可能奪去的東西。她說那是因爲中國歷史上有很多動亂，人們自然知道了最重要的是什麼。相比之下，日本歷史也許缺少坎坷了，在生活哲學方面，沒有中國人那麼世故。

於是，每次遇到什麼困難，我都去想如果是中國朋友們的話，會怎樣去對付？倘若事情牽涉到孩子們的教育，我參照的就是北京朋友ＹＪ的經歷。她是我朋友中最聰明的幾個人之一，可是正規教育只受到十歲爲止，因爲那年文化大革命就開始了。當初她是個小紅兵，十五歲就正式參軍，在部隊文工團過了幾年的表演生活；然後，轉到醫院去做免疫研究助理並嫁給醫生；改革開放後馬上到中國信託公司當秘書；生下女兒後單獨出國。我認識她的時候，她一邊在多倫多大學進修英文一邊在乾洗店打工；誰料到，兩年以後，就在加拿大銀行總部上班，如今是中國銀行的資深經理了。她的經歷告訴我的教訓是：有志者事竟成，社會環境、教育環境都並不重要。

三月十一日以後的日子，我都借用中國人的生活智慧過來的。中文諺語如「好漢不吃眼前虧，好馬不吃回頭草」或者俗話如「有得則有失」等都幫我起了很大的作用。當面對巨大困難的時候，關鍵在於擴大視野，告訴自己：世上除了眼前的現實以外，還會有另外的可能性。在具體的生活層面上，則要把房子打掃乾淨，然後每一頓飯都吃得好，以便把日子過得有尊嚴，到了時候不會有遺憾。

02

日本沒有完蛋

地震與黑鮪魚

有醫生，護士，公務員，自衛隊員，消防隊員，還有銀行，便利店，食品店等等的工作人員都不顧自己的家庭而爲別人，爲整個社會出力。

二〇一一年三月十三日。東日本大地震第三天，我眞想好好哭一場。但我怎麼敢呢？根本沒有資格啊。有多少人被海嘯活埋？有多少人房子被沖走了？那些災區的人在電視上回答記者的問題幾乎沒有一個大哭大鬧的。大家努力保持冷靜，這樣才能保持公共秩序。我身在幾百公里之外的東京，沒有份哭。

今天本來不大想出去，因爲福島縣核電廠的狀況還不是很清楚。但是做父母的在小孩面前又怎麼敢暴露出自己心中的窩囊來？早就跟女兒約好星期天去Gap Kids買衣服，還是履行諾言爲佳。服裝店的顧客似乎比平時少。我自己也不時地想：若突然來了大地震，該躲到哪兒去？服裝店的鏡子太多，玻璃窗太多，沒地方躲。不過想一想工作人員的處境吧。他們裝著沒事的樣子。其實，大家都害怕隨時會發生的餘震，或者更加可怕的情形。

前天下午地震發生的時候，我在家裡看著電腦螢幕寫稿。最初感覺到小小的搖動，這在東京算是常有的事。我習慣性地站起來到走廊去，因爲工作室裡書架林立，一有大地震就會倒下，不如到兩邊都是牆的走廊。剛開始，搖動並不大，但是過了半分鐘還不停止，反之越來越大。金魚游泳的水槽，開始從上面溢出水來。打開廁所的門，馬桶的水也逆流。情況不妙，廚房裡有聲音，好像甚麼盤子之類掉下來了。我搬到這房子已經有十三年，從來沒有經歷過這麼大的地震。打開電視機看新聞，果然震源地東北地方的震度達到七級，而且各地已開始出現海嘯。

我馬上出去要接小學三年級的女兒。她該在下課的路上。可是電梯停止，我只好從十一樓走到地面。想是心裡緊張的緣故吧，一點也沒覺得累。幸虧女兒沒事，我們兩個人一起爬回到十一樓。中一的兒子也馬上回家了。他說學校宣佈提早下課，並且禁止留校做社團活動。平時一週練習七天的棒球隊，這時也只好聽從命令。

我們很快就收拾好房子。孩子們說：「終於沒事了。」他們寧願相信已經沒事。但是做父母的看著電視，不能不發覺情況似乎相當嚴重。雖然受害程度不是一下子就很清楚，但是海嘯造成的破壞是前所未聞的。日本完了？這些日子，國家經濟這麼差，政府的表現這麼差，再蒙上這樣的災難，日本不是完蛋了嗎？

雖然東京離震源遠，但是所受的影響也不小。地震發生後，東京所有的鐵路都停止營業，到了晚上還沒恢復。當晚在東京郊區，許多家庭的爸爸沒能回家，讓太太孩子過了不安的一夜。更讓人擔心的是那些不能從市區回來的學童。開始的幾個鐘頭，手機和網路都不通，教許多家長焦急死了。不過，東京畢竟離震源遠。最教人擔心的還是災區的狀況。這眞的是現實嗎？不是一場噩夢嗎？怎麼這麼像往年的科幻小說《日本沉沒》的情節？我們多麼希望睡一個晚上醒過來以後一切都回到原來的樣子。

到了第二天早晨，電視才開始報導災區的眞實狀況。這次受害的範圍太廣了，當初誰也搞不清楚哪裡受了災害，哪裡有人需要救援。飛到東北地區的直升機轉播來的場面實在太可怕了。不是一個市鎮，而是很多很多市鎮都消失了。受害者拍攝的畫面更加恐怖。許多人忽然間在自己面前失去了骨肉，房子，一切財產。但是，更加可怕的是福島核電廠傳來的消息。網路上開始出現關於核能的假新聞，我本人都從不同的管道收到了。

地震發生在週五下午。結果週末的活動都被取消了。孩子在家無所事事，還是帶他們出去買東西吧。同一個國家裡，有幾百萬人正在受苦難的時候，我們出去消費到底合適不合適？我們到底是受害者還是旁觀者？另一方面，我也確信，保持正常生活是保持尊嚴的最佳方法。所以還是去Gap Kids了。招呼我們的店員是中年女性，她說自己也有小女孩。我估計她一定很想留在家裡陪女兒吧。我好同情她，這樣的時候還得出來工作。可是，這兩天看電視報導，我最受感動的就是災區有許多許多人留在自己的崗位盡自己的責任。有醫生，護士，公務員，自衛隊員，消防隊員，還有銀行，便利店，食品店等等的工作人員都不顧自己的家庭而爲別人，爲整個社會出力。

離開Gap Kids，我們去了食品市場。這裡的顧客特別多。在收款機前排著長隊。這家是買價超過了三千日圓就可以免費宅配的。今天工作人員說：「可以送，但不能確定哪天送到。」是宅配公司在優先服務災區的緣故吧。

在鮮魚店，平時許多的東北產鮮魚，今天根本看不到。擺的都是西南部來的魚。有個鹿兒島產黑鮪魚，正要開始當衆解體。「從明天起不能吃魚了。聽說批發市場根本沒貨了。這是最後一個。」售貨員說。他邊說邊揮刀砍大魚。「誰要頭部？好。甩賣了。一千日圓送給你。」好幾個人舉手要買，接著是石頭、剪刀、布了。誰贏誰帶走。「誰要骨頭肉？做鮪魚飯挺好吃的。只要一千塊。」又有許多人舉手。場面好熱鬧，好比在過年前賣年貨。因爲整個日本正處於危機，大家心裡都好緊張，又不敢說出來，哭出來，所以更需要這樣子大夥一起熱鬧一番。

我本來準備買普通的魚，最後受了氣氛的影響，打開錢包買了一份「大toro」，即每年元旦才吃的高級食品。是今朝有酒今朝醉？還是甚麼？看到了黑鮪魚解體秀，也買到了大肥肉，女兒好高興。我也很爲她高興。只是在胸部，我覺得很痛。那裡有一塊悲哀一直憋著呢。

晚上吃完「大toro」後看新聞，得知明天開始東京施行計劃性停電。眞正的困難是即將開始的。電視上菅首相對全體國民說：「我很佩服你們的冷靜。」我也同意。日本沒有完蛋。日本應該從現在開始。

03

停電的日子

一篇地震日記

我自己都記不起來上次停電是甚麼時候。至於孩子們，從出生到現在，連一次也沒經驗過停電。

地震、海嘯、火災、放射能、大雪。日本東北災區的苦難沒完沒了。相比之下，我們在東京所受的影響實在微不足道。儘管如此，大地震後的幾天裡，我們也過著很不安的日子。

地震後不久，東京超級市場就開始排長隊了。大家擔心缺貨，所以盡量多買東西以便預備。過了三天，商店裡沒有了牛奶、雞蛋、麵包、速食麵、大米、罐裝食品、衛生紙等等許多商品。當政府宣佈即將開始計劃性停電的時候，市面上已經買不到蠟燭、電池、手電筒、收音機、汽油等等了。是搶買嗎？也不是。大家很有耐性，沉默地排隊好長時間，沒有人出大聲，整個場面安安靜靜。

一方面，日本人保持冷靜的能力是值得讚揚的。在這裡，連中學生都知道，「電視台記者到了災區都只拍攝情緒穩定的人，否則會製造社會不安嘛」。另一方面，大家又不能完全控制心中的恐怖。有個社會學家在電視上解釋目前的狀況說，「人們採購過多物品，似乎成了他們消解不安的途徑」。大家都知道西日本沒事，關西和關東之間的交通也沒有斷，不必擔心的。然而，不安的東京人還是紛紛打電話給西日本的親戚朋友訴苦。結果，好心的關西人在神戶、大阪的超市買光電池、速食麵等等，直到運輸公司拒絕接受送往東京的包裹。惡性循環的結果，受害最大的不外是東北災民。

地震後第五天，東京開始停電了。我自己都記不起來上次停電是甚麼時候。至於孩子們，從出生到現在，連一次也沒經驗過停電。究竟會怎麼樣？吃好了飯，預備了生活用水和手電筒。當電氣供應終於停止的時候，屋子裡忽然漆黑了。原來，晚上是這麼黑的。爲了克制心中的不安，孩子們故意說笑話，用手電筒玩耍。

日本的三月是畢業典禮的季節。東京很多初中在三月十八號舉行儀式。可是今年的典禮跟常年不會一樣，禮堂裡沒有紅白幕也沒有祝賀詞。不少同學一放假就要去遠方親戚家避難。春假裡的學校活動，社區活動也取消了。其實，有些外國籍同學早已離開了日本，該說理所當然的。可是，在這裡有家有工作的大多數東京人不可能拍拍屁股就走。

這幾天接到了許多來自國外，包括台灣的慰問電郵。遠處有朋友關心我們，是非常時期最大的安慰。每個地方都有困難時期。冬天過後春天一定會來的。但願災區的春天盡早到來。

04

彬彬有禮的搶購

地震與日本人

東京超市裡，卻沒有人搶，根本聽不到罵人聲，大家都保持秩序，或者可以說日本人連搶購時候都彬彬有禮。

這次的東日本震災中表現出來的日本社會特點有以下幾點：安靜、老實、盡責、優柔寡斷。

首先講安靜。最初看災區傳播來的報導，給人印象最深刻的是災民的安靜。他們的房子和一切財產都給海嘯沖走了，有人甚至失去了家人。然而，面對電視台攝影機之際，幾乎沒人大哭大鬧，大家都顯得特別冷靜。也許他們心中很激動，但是從外表看不出來。那安靜的態度令人敬佩。然後，我在東京的日子也開始慌促，因爲食品和生活用品供不應求。因爲節電而暗暗的商店裡，人們走來走去找找還有甚麼東西可買。這現象，我估計用華文說來該是「搶購」吧。但是，在東京超市裡，卻沒有人搶，根本聽不到罵人聲，大家都保持秩序，或者可以說日本人連搶購時候都彬彬有禮。我平時覺得日本人在喜怒哀樂方面不夠活潑，沒有台灣人可愛。今次倒覺得安靜是日本人最高的美德也說不定。

其次講老實。即使在商品供不應求的時候，幾乎沒有人唯利是圖，趁機提高價錢要發災難財。東京的牛奶稀少了，有些商店限制每個家庭只能買一瓶，但是價錢跟平時一樣。那些商店還擺著「特價品」如養樂多，爲的是給小朋友們提供牛奶的代替品。更難能可貴的是公立的小學中學，平時提供午餐，但是地震後施行停電，無法使用廚房了，還是盡量爲學童爭取營養，至少提供牛奶和麵包。我住在東京，親眼看到的只有東京的狀況。媒體有報導，災區出現了竊盜案件。但是，跟世界許多地方比較，日本人受災的時候都能夠老實過日子的程度，可以說是相當突出的。

其三講盡責。其實牽涉到前面講的安靜和老實。災區的公務員、醫生、護士、教員等等都留在自己的崗位爲整個社區出力，對保持社會秩序做出的貢獻非常大，因爲他們的態度給別人以一種信號：雖然災難發生，但是社會本身並沒有因此瓦解。災難發生的時候，最可怕的是無政府狀態。爲了防止社會秩序崩潰，每個人都得在自己的崗位上盡力。這裡所說的崗位不僅指工作專業，還包括在社區，甚至在家庭裡擔任的義務等。在我住的東京，大家都害怕福島核電站的輻射塵。可是，不約而同，人人都直覺地曉得，不應該亂逃走，否則後果會更可怕。所以，小學家長理事會，公寓住民大會等照樣舉行。唯一被取消的是純娛樂性活動。其他社會性活動都盡量持續，對安定市民心理有很大的好處。

當核電站面對危機的時候，不僅自衛隊，連東京消防廳都派出部隊向核電站放水了。嚴格來說，這已經超越了消防隊員的工作範圍。但是，一百多名隊員還是願意承擔最危險的任務，連事先回家一趟的時間都沒有，直接從崗位上往福島出發了。勇敢地完成使命以後，隊長在記者招待會上，向隊員家屬表示道歉和感謝。因爲那些男人都懂得太太孩子們多麼爲他們擔心。有人說，太太發來的電郵：我相信你一定會回來。另一位太太則寫：請成爲全日本的救世主。地震發生後一個星期，我心裡一直很緊張，連眼淚都掉不下來，可是看到了那幾個消防隊員在記者會上說話，終於不禁哭出來了。其中一個因素是他們代表著東京，即我家鄉。大災難發生的時候，受苦的不是個別的人，而是整個社會。這次我衷心感到，假如非得受災不可，寧願在自己的地方。所以，外國旅日人士紛紛離開，我也完全能夠理解。

其四講優柔寡斷。地震發生後，日本政府的表現到底好不好，現在還太早評價了。不過，我們在電視上看東京電力公司、核能保安院等發言人說話的樣子，不能不感到這些人似乎缺乏危機感。這跟日本過去幾十年來的和平安泰有關。在富裕穩定的社會裡長大的這一代中，各方面條件都相對優良的人，才能在社會上層佔位子。所以，東京電力、核能保安院等公司、機關的工作人員一個一個都是太子、少爺之類。平時那些人的表現不一定差，可是一旦發生了危機就手足無措，結果是優柔寡斷導致更大的危機。

這次的地震是日本近代史上最大的自然災害。破壞程度只能跟第二次世界大戰末期比較。今後一段時間，日本要面對重重困難。可是，這次的地震至少會培養出充滿危機感的下一代人。我希望，也相信，他們一定會果斷進行日本的重建。

05

你的感想是什麼？

震災與文學

面對巨大的天災與人災，很多人不知道該說甚麼好。即使是職業作家，有人說，心情太沉悶，取消了所有稿約，好幾天都躲在家裡。

好久沒有買文學雜誌，大概跟網路進步有關吧。書還是一定買的，小說也仍然要看。但是，以前翻翻文學雜誌尋找的甚麼，最近都轉往網路上去找了。可是，震災以後，在報紙上看到文學雜誌的廣告，我馬上——透過網路書店——買了一份。

那是《en-taxi》二〇一一年春季號，「作家們的東日本大震災」專輯。編輯部向三十五名職業作家發出問卷，提出了三個問題。第一，三月十一日十四點四十六分，你在哪裡，做著甚麼？第二，你受了甚麼損害？周圍的狀況如何？第三，現在最關心／擔心的是甚麼事情？或者對這次的震災，你有甚麼感想？

三十五名作家年紀在三十四到七十七歲之間，幾乎無例外地住在東京附近。他們異口同聲地說：從來沒經驗過如此大的地震，書架上的書很多都掉下來了，但是跟災區的狀況比較自己受的損害不算甚麼，雖然有時感到憂鬱，非得積極面對人生和未來。儘管沒有多大新意，但是能夠白紙黑字地確認「大家都一樣」，還是多多少少起安慰讀者的作用。

另外有八名作家發表比較長的文章。生島淳出身於東北災區氣仙沼，爲了開拓人生道路，上大學時候選擇離開家鄉了。未料，位於海邊的故鄉在這次震災中毀滅，作家更失去了姐姐和姐夫，從此永遠忘不了已不存在的故鄉了。小說家佐伯一麦則一貫住在家鄉仙台發表文章。他報告，地震發生時，正有兩位英國朋友到仙台訪問他們夫婦。結果，在震後幾天裡，把兩位外國人安全送回英國成了最大的任務，爾後才去照顧年老的母親。

面對巨大的天災與人災，很多人不知道該說甚麼好。即使是職業作家，有人說，心情太沉悶，取消了所有稿約，好幾天都躲在家裡（嵐山光三郎）。也有人說，雖然現實非常嚴重，但是不大有現實感（春日武彥）。可見，同樣是日本人，在災區和災區以外，經驗和感受都很不一樣。

震災以後，許多日本人才第一次意識到，東京人用的電是在兩百五十公里之外的福島縣發電的。那裡曾是貧困的農村，經常鬧饑荒，因為沒有其他產業，才接受了核電站的。只要沒發生地震，沒發生海嘯，核電站也不會出事。但是，怎能假定地震、海嘯都不會發生？難道這些年來的繁榮都是沙上樓閣？文學雜誌即使不能提出答案，起碼能提供思考的空間和分享的平台。白紙黑字的質感，這個時候令人特別珍惜。

06

一種叫做希望的笑容

震後三週

這次地震後，我才得知，原來有個詞兒叫「醉震」，指的是經歷了大地震的人，事後感覺到的幻覺。

東日本大地震後三個星期了。跟多數日本人一樣，我也從來沒有經歷過如此不安的二十天。不僅自己的生活面對問題，而且整個國家都面臨危機。光是地震、海嘯造成的損害就可怕得壓倒凡人想像力，何況加上了福島核電站的事故，連晚上都睡不好覺。

這次地震後，我才得知，原來有個詞兒叫「醉震」，指的是經歷了大地震的人，事後感覺到的幻覺。即使地面沒有震動，自己覺得好像整個世界都在震動似的。這些日子，幾乎每一個東日本人都有「醉震」的症狀。搞不清楚到底又來了一次餘震，還是「醉震」在導致幻覺。要用眼睛看看電燈垂下來的線有沒有搖動，才能知道究竟怎樣。

「醉震」跟眞正的地震不同，不會造成實際損害，但是對人的心理頗有影響。我晚上睡覺的時候，忽然感到全身發抖，應是這段時間積累的緊張所致，可馬上害怕起來自己的發抖會引起更嚴重的「醉震」。結果，連發抖都不敢盡情發抖。原來，地面穩定可靠是多麼可貴的事啊。

今天，報紙頭版上已經沒有了福島核電站的消息。不是因爲問題解決了，而是因爲情況陷入僵局，沒有了新消息。換句話說，從此以後，我們長期得生活在輻射的陰影下了。是幾個星期？還是幾個月？會不會是幾年呢？三個星期以前，誰也沒想到安心的日子即將一去不回。但，無論如何，生活得繼續下去。目前日本人沒有時間傷感。

東京離福島兩百四十公里，說近不近，說遠也不遠。東京人應該保持冷靜。好在這幾天超市裡的食品供應差不多恢復了原樣。仍然缺少的只有牛奶和納豆了，因爲這兩樣東西都來自災區茨城縣，現在還限制一個家庭只賣一個。天氣暖起來以後，電力需求減少，最近幾天也不必停電了。可以說，復活的兆頭不是沒有。

四月一日，休業了三週的上野動物園重新開門，最近剛從中國來的兩頭大熊貓第一次跟日本小朋友們見面。這些日子也眞苦了小孩子們，他們愛去的地方都關門了。尤其東京迪士尼樂園，因爲位於塡海得來的土地上，周圍浦安地區液狀化現象相當嚴重，到處地面隆起或陷沒，電桿倒下，許多房子都歪了。迪士尼樂園不久就會重新開業，但周圍民房能用下水道的日子還遙遙無期。雖然個中有矛盾，但大家都想要看小朋友們的笑容。那才叫做希望。

07

解體重整中

日本最難熬的夏天

日本人的生活本來就不比其他國家的人容易。今年則難上加難了。早上出門上班去，路上就發現，爲了省電，火車站不開空調，熱死人。

今年夏天特別難熬。不僅東京氣溫天天超過三十度，而且爲了省電，許多公共場所都關掉了空調。難怪經常聽到救護車送中暑患者到醫院去的警笛聲。這一切當然是三月十一號的東日本大地震和海嘯以及福島核電站事故造成的。

雖然大地震已經過了四個月，目前還有八萬多人在避難所過著辛苦的日子。海嘯受難者的統計也天天更新，確定的死亡人數達到了一萬五千。如此巨大的震災，果然影響到全國人民的生活，而最直接的影響就是電力不足，今夏的東京，除非極力省電，無法迴避隨時會發生的大停電。

七月一號，日本政府發動了電力使用限制令，要求大企業、工廠等把用電量壓縮到去年同期的八成五。如果故意違反，則要罰款一百萬日圓。爲了達到目標，各家汽車廠都調整了休息日，從此每週四五都停工，週末卻要工作了。其他行業也採用類似的措施。這樣子雖然能壓縮平日的用電量，但是孩子休息的週末父母親出去上班，在許多家庭造成問題。

此間媒體報導，大地震以後婚姻介紹所的生意反而變好，因爲大家渴望家庭的溫暖。但實際上，三月十一號以後解體的家庭更多。主要是太太擔心輻射對孩子健康的影響，恨不得避難遠離福島這個地方，然而先生有工作，不敢輕易放棄崗位，結果鬧成夫妻分居，搞不好由於價值觀念的分歧還談到離婚。

因爲輻射的危險不是一天兩天就過去，反之會長期留下來，所以每天發生新的問題，例如：學校的戶外游泳池到底安全不安全，究竟該不該向老師說上體育課時間，因爲小孩身體不舒服，請讓小孩留在教室裡？一般來說，女性對危險更敏感，視男性的愼重爲優柔寡斷，很難壓住脾氣。不少太太不管三七二十一就回娘家或到遠處朋友家去了，有人更趁機帶孩子赴紐約留學，令先生一族目瞪口呆，來不及反應。問題是，兩地分居絕對意味著需要加倍的生活費。公司爲節電不准加班的情況下，增加收入談何容易。就這樣，日本人的家庭生活呈現出燃眉之急。

另一方面，單身人士病倒的例子也似乎很多。有的發作腦溢血，有的發作腸躁症，恐怕都是受海嘯和核電站事故的震撼，導致心情不好，晚上睡不好覺，沒有了胃口，最後營養和睡眠不足引發病症的。若有家庭，則會有人照顧。但是，單獨生活的人病倒後，有的過一段時間才會有人發現，本來輕微的症狀都變得很嚴重，即使不至於喪命，也要面臨失業。爲免如此這般的危機，許多人跑去婚姻介紹所的。

日本人的生活本來就不比其他國家的人容易。今年則難上加難了。

早上出門上班去，路上就發現，爲了省電，火車站不開空調，熱死人。車廂內關掉了燈光，黑得無法看書。辦公樓的電梯則貼著「上三樓，下五樓，請盡量用腳」的指示，結果沒開工之前全身已經流著大汗。開始工作後，還不時聽到館內廣播：「現在，東京電力公司管轄地區的用電量已經超過了限度的九成，請大家馬上關掉不必要的電器，以免發生全面大停電。」爲了貫徹政策，還派警備員來巡邏全館，以加強監督呢。這一切，跟東北地區的受害者相比，自是微不足道。儘管如此，我告訴你：還是好難受呀！

08

不安與恐懼

祈禱的季節

沒人能預想到的大災難發生後，傳統宗教行爲自然恢復起來，人們透過放水燈或燃燒木牌企圖跟死難者溝通，傳達悼念之意。

過去六十五年，日本的八月是記起戰爭的季節。六日廣島，九日長崎的兩個原子彈紀念日過完後，就碰上十五日盂蘭盆節的終戰紀念日了。那天中午，一聽到警報聲，全國各地的日本人，包括甲子園球場的高中棒球選手在內，都暫時放下手頭上的事情，站好閉目悼念戰亡者。

回想小時候的暑假，在快樂的回憶中始終夾雜點不安和恐懼，因爲八月十五日的警報聲喚起了平時不被提到的有關戰爭的歷史。

二〇一一年夏天的日本，由於三月十一日發生大地震、海嘯後才幾個月，首先要悼念的對象是東北沿海地區的死難者。七月三十一日，當各地海水浴場開幕前夕，便傳來在海邊放水燈安魂的消息。現代日本人，理論上把傳統宗教當迷信，心底卻保持著祖宗傳下來的信仰。結果，很少有人知道水燈代表著甚麼，爲甚麼要在仲夏放。儘管如此，在全國各地，大家不約而同地擁到河邊、海邊去放水燈，日期不是七月三十一日，便是八月十五日左右。顯而易見，佛教盂蘭盆節、道教中元節的習俗，直到今天牢牢影響著廣大日本社會。

在京都，每年的八月十六日晚上，在大文字山等五座的山頂上，用木柴寫成「大」、「妙」、「法」等文字並點火燃燒，以送祖先靈魂平安回冥界去，此乃著名全國的「京都五山送火」。這年爲了悼念地震、海嘯的死難者，本計劃把災區岩手縣陸前高田市的松木送到京都來一起焚化。爲此，遺族在三百三十三支木牌上，寫下了死者的姓名和給亡魂的短信，例如：「好想見」「姐姐做的菜多麼好吃」「您是最好的爸爸」等。可是，消息一傳出去就有許多人打電話、發電郵到京都市政府表示顧慮甚至抗議，因爲他們認爲災區的木柴有可能被核輻射污染。雖然陸前高田市遠離福島，而且檢查都沒查出來任何有害物質，但是舉辦單位大文字保存會仍然決定謝絕災區的木頭，並派理事長到陸前高田市去道歉，然後一一拍攝了木牌上的文字，以便回京都後抄在別的護符木上焚化。遺族方面，則在八月八日傍晚，跟京都來的代表一起，把三百三十三支木牌作爲給亡魂引路的「迎火」，在當地燒掉了。

陸前高田市原來有名勝高田松原，即長達兩公里的沙洲上種有兩萬棵黑松樹、紅松樹的。然而，海嘯後僅留下了一棵而已，其他統統都給沖走了。那一棵樹，被稱爲「高田一本松」，當作不屈不撓之精神以及復興的象徵了。當地的木材商用倒下的松樹做護符木，委託位於長野市的名刹善光寺出售，請善男信女購買寫下禱告奉獻，好在八月十四日晚間在盂蘭盆法會上進行震災祭奠之際，掛在木架上由住持祈禱冥福後焚化。

沒人能預想到的大災難發生後，傳統宗教行爲自然恢復起來，人們透過放水燈或燃燒木牌企圖跟死難者溝通，傳達悼念之意。過去六十五年專門紀念原子彈受害者的廣島、長崎集會，這年也非得想到福島核電站的事故，以及仍然過著避難生活的幾十萬受害者。看來，日本的八月從此不僅是回顧戰爭的季節，同時也是悼念地震、海嘯死難者以及祈禱世界和平安全的季節了。

09

用詩寫心情

苦瓜和俳句

今年的大會由於震災後不到半年就舉行，許多作品反映出青少年對這宗災難的感想。

二〇一一年夏天的日本，由於震災以及核電站事故而缺電，爲了節約電力大家想出來的種種辦法當中，較有想像力的是「綠色窗簾」，即窗外種蔓爬植物來限制酷夏激烈的陽光射進屋子裡。有沒有此類花草窗簾，室內溫度的差別竟大到四、五度，讓大家能少開空調。

從前在日本，每逢夏天很多家庭都種了牽牛花。小學一年級的暑假裡養牽牛花，把每天的成長過程寫畫在觀察日記，到了九月一日開學交給老師，乃許多人共同的兒時回憶。紅色、紫色、天藍色的喇叭花盛開的樣子，可說曾代表日本夏天的風景，一提起就令人懷念風鈴的聲音，西瓜的味道，晚上在院子裡玩的煙火。牽牛花也會爬的，於是有著名的俳句：給牽牛花奪了吊桶，非去鄰家借水井。那是十八世紀的女詩人加賀千代女的作品。

這些年，恐怕是溫室效果所致吧，日本夏天越來越熱，使得園藝愛好者開始養亞熱帶植物來了。其中最受歡迎的是苦瓜，因爲容易養而且可以吃。今年夏天，尤其爲了製造「綠色窗簾」，日本全國許多家庭都種了苦瓜。我家也不甘寂寞。小學四年級的女兒在學校花壇裡收穫帶回家的苦瓜，當晚餐吃掉以後，把留下來的種子埋在陽台上的花盆裡澆水，過幾天果然冒出來幾根芽，再過幾天就伸出葉子來，轉眼之間開始爬上周圍的柵欄了。

日本人是最近十多年才開始吃苦瓜的。最初從沖繩船運過來，吃法也跟沖繩人學。把苦瓜切成片以後，和肉片、洋蔥、豆腐、雞蛋等一起炒的菜式，用沖繩語叫做「goya campur」。「goya」是苦瓜，「campur」則是馬來語「混合」的意思。至於爲何沖繩菜有馬來語名稱，恐怕是早年去南洋回來的移民傳播的。

其實，本州居民開始種苦瓜之前，曾經也有夏天在院子裡種瓜的習慣。那是另一種蔓爬植物：絲瓜。然而，日本人從來沒學會絲瓜的吃法，至今不知道可以當蔬菜吃的。所以，夏末成熟的絲瓜，除了洗澡時用瓤子擦身體以外，也只有從蔓兒滴落下來的液體收集後自製化妝水。當合成海綿普及以後，用絲瓜瓤洗刷身體的人變少了，今天的小姐太太們也不再把絲瓜水塗在臉上。結果，如今的日本幾乎沒人種絲瓜了，完全被苦瓜風壓倒。

日本傳統詩歌俳句，一定得用代表季節的詞語。苦瓜普及以後，亦被承認爲季語了，不過畢竟歷史短，仍有舶來品的印象。相比之下，歷史悠久的季語還是有穩定感。八月份舉辦的全國高中俳句錦標賽，有七十六所學校，一百二十四隊參加，一隊由五個同學組成。可見，雖然規模上無法跟高中棒球大會（於甲子園球場）相比，但是認眞練俳句的學生可也不少，果然比賽的外號叫做「俳句甲子園」。

今年的大會由於震災後不到半年就舉行，許多作品反映出青少年對這宗災難的感想。有個同學寫道：白沙上，西瓜猶如地球星。災區岩手縣的作品則道：夏天的雲朵，倖存意味著活下去。俳句是僅用十七個音節組成的迷你詩歌，常有人拿畫家速寫來比較。俳句似乎也像抓拍鏡頭。夏天的雲朵甚麼也不說，倒令有心人深思。

10 地震後的親情潮

運動會的便當

如今的日本太太們，整整一年裡，花最多時間做便當的日子，就是運動會了。因爲大部分小學規定：運動會當天的午飯，兒童盡量要跟家長一起在學校操場吃。

日本的小朋友，秋天的節目特別多。有學校的音樂會、遠足、萬聖節，有神社的豐收節，有地區的市民節等等。其中最大的非運動會莫屬。

我小時候，學校的運動會是每年十月十日舉行的。那是一九六四年東京奧運會開幕的日子，後來定爲國民假日「體育日」，大家覺得舉辦運動會再合適不過。最近，日本政府爲了促使國民在長週末裡多點消費，把許多節日改爲星期一，以此製造長週末了。所謂「快樂星期一（Happy Monday）」，光聽名稱都夠傻，不大受歡迎。好說歹說，「體育日」也從二〇〇〇年起改爲十月的第二個星期一了。

二〇一一年的「體育日」隔六年回到十月十日來了。但是，日本人似乎早就對東京奧運會開幕的日子失去了情感，許多學校的運動會並沒在這天舉行，而在早兩天了事，因爲週六辦學校活動，大家覺得比較習慣。

好像跟東日本大地震後重視親情的風潮有關吧，今年的運動會，家長們普遍好投入。在我女兒就讀的小學，運動會早晨八點四十五分開始，校門則在七點半開放的。然而，還沒天亮之前的五點鐘就有人在門前排隊，到了六點鐘人龍已經相當長了。他們的目的不外是霸佔最好的觀覽位置，以便在最前邊設置錄影機用三腳架。七點半校門終於被打開，衆家長們就全力快跑要搶位並迅速把帶來的蓆子放開鋪在地面上。可以說，那就是當天第一項競賽。

有個六年級女同學的父親說，每年的運動會，他都六點半開始排隊，過去一定能佔到第一排，可是，這次他跟常年同一個時間報到，已經有許多人排隊，結果只佔到第三排，被太太罵爲「沒出息」了。做父親的辛苦，不過多數母親則早在前一晚就開始準備便當了。如今的日本太太們，整整一年裡，花最多時間做便當的日子，就是運動會了。因爲大部分小學規定：運動會當天的午飯，兒童盡量要跟家長一起在學校操場吃。

日本人吃野餐，春天有野外賞櫻花的「花見」，從前也做了豪華的便當，但這些年，爲了省事，多數人從便利店買來食品吃了。至於運動會午餐，一方面有來自學校的壓力，另一方面有來自別人家的壓力，便當內容千萬不能太貧乏。既然家家都吃媽媽親手做的豆包壽司、炸雞塊、雞蛋捲等等，怎麼可以偏偏自己家沒有？於是媽媽們從廚房櫃子裡找出一年只用一次的套盒來，第一層裝主食，第二層裝肉食，第三層裝蔬菜和水果，然後再準備飲料和濕毛巾。別忘了，等一下媽媽還要化妝的，否則哪裡有臉見別的媽媽們呢？

運動會當天，父母都起得比小朋友早，不到中午肚子就咕嚕咕嚕響，希望午飯時間快些到來。幾百個學生和家長們同在學校操場上打開便當盒，可以說是日本奇景之一吧。吃完了飯，下午第一個項目又每年都是教員家長拔河賽，上百個大男人大女人使勁的拉。這都是年復一年的例行公事。直到快要畢業的六年級，似乎許多家長覺得：「啊，這是最後一次。沒有明年了。」閉幕會上，站立著聽全體學生唱校歌，六年級同學的家長們，總有幾個眼睛濕潤的。

11

好像回到了戰爭時代

福島與戰爭

為了盡量逃避責任，那些政客、官僚和研究者盡可能控制了重要資訊的擴散。

自從東日本大地震以及隨後發生的海嘯、核電站事故已經八個月了。可是，在福島到底發生了甚麼，日本媒體至今未能追究清楚。

有關核電站事故的信息封鎖，最直接的責任自然在日本政府。事故後，專家們收集到的許多訊息沒有即時公開於世，甚至被禁止發表。一方面，這次的地震和海嘯造成的災難確實大到誰都沒能預測的地步，災區發生了停電，連跟東京的通訊都一時斷絕，使得有些資訊無法從災區傳播出去。另一方面，當核電站事故發生的時候，不僅在東京電力公司而且在政府有關部門裡面，顯然都有不少人首先想到的是如何保身，即逃避責任。他們害怕自己過去的所爲或所不爲直接或間接地引發了事故，因而日後要被追究責任。爲了盡量逃避責任，那些政客、官僚和研究者盡可能控制了重要資訊的擴散。

因此，雖然地震後不久，災區空氣中已經驗出了不尋常的高輻射性物質，但是沒有告知當地居民，更沒有即時下令疏散。記得有個執政黨領袖，到災區視察之際，從頭到腳穿上了嚴密的保護服。可是，迎接他的當地幹部和住民卻穿著平時服的。顯而易見，當時政府中樞已經曉得情況的嚴重性，然而對包括災民在內的全體國民隱瞞了。爲甚麼？後來有官員說：因爲擔心國民知道了眞相後會鬧恐慌。我倒認爲：因爲他們沒有勇氣公開眞相。

越來越多報導表示，核電站事故是地震引發的，而並不是停電導致氫爆炸後才開始有輻射塵污染的。比方說，《朝日新聞》十月份的連載「普羅米修斯的圈套」報導：地震後不久當地就出現了全身穿著保護服的檢查組勸居民盡快避難，但是因爲電視上的政府發言人重複地說「沒有即時的危險」，許多人沒有離開家。記者也訪問前首相菅直人而發現：他似乎眞不知道政府裡有部門專門負責核電站事故後做疏散計劃的。他和屬下的溝通顯然特別有問題。專家收集的資訊和他們提出的意見都沒有達到最高層，因而成爲最高機密，誰漏出誰就是叛徒了。「普羅米修斯的圈套」第一個小標題是「研究者的辭呈」。好幾個專家，因爲受不了上層來的鉗口令而離開單位，憑良心繼續做獨立調查。

三月十一日發生的遠不是單純的地震和海嘯。核電站事故和後來的資訊封鎖才是多數日本人至今晚上睡不好覺的原因。事到如今，大家都明白：政府不會告訴我們事實，其實他們自己也不一定知道全部事實，但是連自己知道的一點點事實，他們也不願意公開，爲的是保身，爲的是逃避責任。那麼日本人生氣嗎？做爲日本人，大家都很理解那些懦弱的官員之心理運作。大家覺得，如果自己在他們的位置，也許會做一樣的事情。

過去八個月的社會風氣，讓日本人覺得，我們似乎回到了戰爭年代，不僅要跟輻射性物質打仗，而且要聽著「大本營發表」過日子了。「大本營發表」代表的是，打仗時候，雖然日軍天天失敗，但是大本營卻隱瞞著事實，媒體也跟著報喜不報憂，結果使國家走向了毀滅的機制。菅直人的無能好比是天皇裕仁的孤立。民主黨政府的許多幹部，恐怕過些時候，要被指名爲「戰犯」了。

12 印刷達人

震災與賀年卡

日本設立了全國郵政制度；一八七三年便開始發行明信片，轉眼之間，年初交換「年賀狀（賀年卡）」成了全民性的活動。

日本賀年卡的歷史源遠流長。早在公元八世紀，日本貴族已經透過從唐朝引進的郵驛制度交換了賀年信；十一世紀的文章博士藤原明衡留下的《雲洲往來》一書裡，就看得見賀年書簡的例句多種。到了十七世紀的江戶時代，不僅在遠隔兩地之間，而且在江戶城內服務的「町飛腳」（城中信使）也開始營業，使得庶民能夠給親朋好友寫信，包括賀年書簡。明治維新後不久的一八七二年，日本設立了全國郵政制度；一八七三年便開始發行明信片，轉眼之間，年初交換「年賀狀（賀年卡）」成了全民性的活動。

二十世紀初，由於從鄉下搬到城市找工作的人口增加，一九三〇年代後，更有一批又一批的移民團往中國東北（即當年的滿洲國）出發；趁過年之際，向親朋好友道賀並報告近況的社會需求迅速增加了。結果，一九三五年，日本郵局的賀年卡辦理量達到七億張，記錄了戰前的高峰。之後，由於在中國大陸的戰爭陷入僵局，國民經濟越來越低迷，連明信片用的紙張都經常缺貨。到了太平洋戰爭爆發的一九四一年，全國的郵局都貼上了「彼此節制年賀狀」的海報。

戰後，一九四九年開始，郵局發行的賀年明信片具備彩票功能了。那年的頭等獎品是縫紉機，次等獎是純毛料子，跟著是兒童用棒球手套……，在生活困難的年代，彩票賀年卡送給了日本人作夢的機會。賀年卡辦理量一直增加到一九九七年的三十七億張。進入了二十一世紀後則逐年減少，恐怕受了電郵普及的影響。儘管如此，每年都還有三十多億張的賀年卡在日本國民之間被交換；除以總人口一億三千萬，包括嬰兒在內，每一個日本人平均郵寄三十張賀年卡，估計是世界第一名。

過去一百幾十年，日本郵局停止辦理賀年卡的前例只有兩次：關東大震災（一九二三年）和大正天皇駕崩（一九二六年）。今年，東日本大震災造成的損害比關東大震災嚴重，但是沒聽說有人提出要停辦賀年卡。當然，災區的民心會是另一回事。許多人失去了家人，按照日本傳統，要提早寄出「喪中欠禮」（服喪期間恕不拜年）卡片的。還有很多人，雖然不至於服喪，可是給海嘯沖走了房子，沒有了財產、工作，或者因爲不知道對方的受害情況如何，不敢用「喜」「賀」等字。

正逢災區的許多人爲賀年卡開始煩惱之際，名古屋一家印刷廠決定組織義工隊伍，分三批到東北災區去，爲受害居民提供免費印刷「年初致辭卡」的服務。一九七二年創立的雙葉（FUTABA)株式會社（http://www.futabanenga.com/）是日本唯一專門辦理賀年卡的印刷公司，每年印一億張賀年卡。這次該公司職員帶三部全彩色復合印刷機到福島、宮城、岩手三個縣，準備幫兩千人印總共十萬張「年初致辭卡」。

「年初致辭卡」是該公司提出的新概念，迴避用「喜」、「賀」等字母，但是有標誌新年的龍圖案和「感謝」、「同心協力」、「春天花開」等文字。雙葉是只有二十四名職員的小公司，卻透過職能去爲災民做事，可稱爲「印刷達人」吧。

13

這不是夢，是現實

物極了沒有？

平生第一次經驗的大地震，從來想都沒想像過的核電站事故，迫使日本人想：假如這是一場噩夢的話，該多麼好。

我喜歡的中文諺語有許多，都是日文裡沒有相對說法的。例如：有得則有失、物極必反。二〇一一年三月十一日，東日本大地震發生以後，當孩子們受盡震撼之際，我就給他們講過：中文有一句俗語說「物極必反」，乃無論是多麼糟糕、可怕的事情，都到了極點以後，自然會好轉的意思，猶如掉進水裡也不必恐慌，到了水底就自動會浮上來一樣。當時，其實我是說著要使自己冷靜下來的。

平生第一次經驗的大地震，從來想都沒想像過的核電站事故，迫使日本人想：假如這是一場噩夢的話，該多麼好。但這不是夢，而是揮之不去的現實。已經十一個月過去了，可是人們的日常生活無法回到那天之前。原因是多層的。首先，地震和核電事故造成的損害實在太大，使得復興遙遙無期。其次，這期間歐洲各國財政狀況之惡化導致日圓空前升值，使得日本製造業公司業績惡化，最近日本電氣公司發表了即將裁員一萬人。最後，但不是最小，媒體上紛紛報導「首都直下大地震」不久發生的概率相當高。

日本政府早就預測，未來三十年內發生「首都直下大地震」的可能性有百分之七十；最近東京大學的專家說，四年以內發生的可能性高達百分之七十了；京都大學的學者則說，五年內發生的可能性爲大約百分之二十八。不同的機關，根據不同時期的統計數字，計算出來的概率有相當大的區別。可是，大家都同意：東京直下將發生七級大地震是免不了的。而且根據東京都政府：一旦發生大地震，會有八十五萬棟房子塌下來或燒掉，一萬一千人喪命，七百萬人需要避難，事後一個月仍會有四百萬人無家可歸。

該怎麼辦？個人能做的事情，都已經做的差不多了。例如：把房子修成耐震建築，把伸縮棒插在家具和天花板之間以免倒下，預備飲料水、緊急食品、手電筒，或者把運動鞋儲備於辦公室櫃子裡等。各級政府也舉行多次避難訓練。比方說：東京都和琦玉縣共同舉行的「回家困難者對策訓練」有一萬人參加，除了公務員、大公司職員以外，連自衛隊和美國海軍部隊都被動員起來，把鐵路運輸停止時無法回家的郊區居民用大戰艦開過東京灣送回家去了。

多份週刊雜誌也紛紛做有關專輯，問各行名人打算怎麼辦？有的人說準備搬家，但那是住在租賃房子的人，若有物業則很難做出搬家的決定。何況，許多人爲了工作是無法離開東京的。再說，日本就在火山列島上，無論搬到哪個縣去，遇到大地震的概率始終不會是零。可是，出國移民？大部分人覺得又不太現實。於是被雜誌記者問及，最多名人回答說：認命。好，如果只是自己一條命，大概我也會說：認命，反正人活著本來就有風險的，每天上街沒被汽車撞死已算幸運。然而，身爲父母的，絕不可以那麼容易停止思考、放棄希望。

現在首都直下大地震發生的概率提高，起因也是二〇一一年三月十一日的巨大地震。那次震災波及的範圍實在很廣，程度也實在很大。回想當時爲了安慰孩子說的那句話，我偶爾問問自己：你不是說過物極必反嗎？究竟物極了沒有？

14

動物救援

在東京思念福島的動物們

跟家人一樣的動物是人們傾注感情的對象。萬一迷失了就要悲痛滿胸懷。

生活在東京，平時很少看到動物的。客廳的水槽裡有金魚，陽台上飛來藍鵲，到了春天會聽到杜鵑的聲音，然後是夏天的甲蟲、知了。但是，哺乳類？連狗貓都很少看到。我住的公寓不允許養動物。雖然有些家庭違規養貓，但始終是偷偷的，不讓寵物出外，主要害怕外面有狂人會對小動物施虐。

幾年前就聽說，在日本，狗貓的數量超過了兒童人口，一共有兩千五百萬隻之多。可是，外頭看到的狗貓，絕對比小孩子少。多於兒童的寵物，越來越被當作小朋友。這些年偶爾在外面看到的狗，一般都穿著衣服，而且不是被主人抱著，就是坐在推車上。如果問了「是公的還是母的？」會傷害主人的感情，非得說「是小女孩還是小男孩？」不可。總之當作他們家最小的孩子就是了。元旦收到的賀年明信片上印有寵物的名字和照片，也早已司空見慣了。

跟家人一樣的動物是人們傾注感情的對象。萬一迷失了就要悲痛滿胸懷。有時看到電桿上貼著「尋找迷失貓」的海報。也有盈利、非盈利的動物緊急救援小組在日本全國活動。他們的目的是盡量讓寵物回到主人的懷抱中，以免被抓住「處理」。每年在日本被送到瓦斯房的狗貓達幾十萬隻，估計其中至少兩成是迷失而回不了家的寵物。

二〇一二年三月號的日本《ALL讀物》雜誌刊登著小說家森繪都的「女人們的寵物救出——核電站二十公里內隨同採訪記」，文中描述，過去一年從日本各地來的中年婦女們在災區勇敢地從事救援活動的始末。二〇一一年三月十一日的地震、海嘯以及隨後發生的福島核電站事故，對日本人來說是之前連想像都沒想像過的大災害。當初最要緊的當然是人命。即使平時當家庭成員的寵物，也不方便帶到避難所去。於是很多人，臨走之前，解開了拴住牠們的繩子，並且把大量食物撒在了家周圍。搬進政府爲災民蓋的臨時住房，或者自己租的公寓以後，他們想念起寵物來，好擔心牠們的處境究竟怎麼樣。

地震後不久，日本媒體上就有報導：災區先成了動物天堂，然後則成了動物地獄。所有居民撤退以後，被留下的家畜、寵物、野生動物，代替人類成爲了福島的主人。森繪都也看到一群又一群的牛或者一群又一群的野豬亂跑。當地也有鴕鳥園，沒有人管的大鴕鳥獨自走在日本東北的柏油公路上的場面給人以科幻片一般荒謬的感覺。然而，家畜和寵物平時都吃人給的飼料生存的。沒人餵牠們，大部分動物遲早會餓死。家畜的飼養者受不了辛辛苦苦養大的豬呀牛呀要活活餓死。寵物的主人也想著牠們直流淚。據報導，餓死的牛有兩千頭，豬有三萬頭，雞則達幾十萬隻。

森繪都隨同的是寵物救援小組，專門針對於本來被人收養的狗和貓。小組成員突破警備線去核電站附近，救出狗貓的過程中往往被咬，被抓導致流血，受輻射更不在話下了。到底出於甚麼動機才如此冒險？答案不約而同是：母性。連小組的男成員都說：是自己心底的母性叫他覺得坐臥不寧，非去救出可憐的小動物不可的。然而，被救出來了以後，能跟原主人一起生活的寵物屬於幸運的極少數。即使能團聚，臨時住房或城市公寓都不許養寵物。何況災區裡有廣大農村，那邊一個家庭養十幾隻狗貓讓牠們自由自在出入房子的情形不少見。有個別的狗貓，透過小組給送到願意認養的家庭去被寵。其他則得暫時住在小組開設的動物棲息處了。

快到地震一週年的日子裡，日本政府環境部決定：即將動員各地公務員一次性地救出仍留在災區的幾百隻寵物。因爲過了春天的繁殖期，他們的數量必定再增多，而且野化的狗貓會襲擊臨時回去取東西的居民。

坐在東京書房中，看到關於災區動物們的報導，我心中好複雜。猶如建設核電站是對大自然或造物主的冒瀆，使動物變成家畜、寵物也許也是人類傲慢之表現。核電站散發輻射塵，被放棄的寵物恢復野性露出獠牙，似乎都要懲罰人類。

15

不用自責，這不是誰的錯

三一一和內疚

雖然沒有犯罪，但是有共犯的自覺。許多人在海嘯中失去了親人。許多小朋友由於核電站事故還不能到外面玩耍。儘管如此，我們更擔心自己的心理創傷，結果迴避面對現實。

三一一大地震一週年快到了。日本各媒體都推出紀念特輯。NHK電視台則在晚上十點鐘的「NHK SPECIAL」中，播送出一系列有關的報導節目，三月五日的第一回題爲「三十八分鐘～巨大海嘯與生命的記錄」。「三十八分鐘」是該電視台駐岩手縣釜石市的記者，在大地震發生後避難到市內高地去，拿著攝影機對當地居民進行訪問以後，當場拍攝了海嘯襲擊市區的紀錄。錄影時間前後有三十八分鐘，成爲了特輯的名稱。

二〇一一年三月十一日的東北日本大海嘯，許多人用手機留下了數位畫面，可以說是史無前例的。不過，大多數記錄者爲一般老百姓，釜石的NHK記者算是極少數新聞界人士之一。外人意想不到的是：正因爲是專業的攝影記者，對自己拍攝的紀錄會有與衆不同的深刻感觸。

「我感到內疚」，在節目開頭，該記者就很痛苦地那麼說。他感到內疚，因爲「我只是個旁觀者，沒能夠營救別人」。還有，記者在那三十八分鐘裡訪問過的居民中，有人後來失蹤了。那個人在錄影中抱著女兒說，「地震發生的時候，我們在市內的書店。隔壁商店門外的自動販賣機忽然倒下來，場面很混亂，只好在馬路上蹲下來抱頭。」那影像成了他的遺像，因爲接著他一個人走回家，不知是爲了救人還是取東西，總之被海嘯吞沒了。記者自言自語道，「如果沒接受我的訪問，他也許早點回去，早點回來，未必喪命」。

「不用自責，這不是誰的錯」，在節目裡，一位釜石婦女對另一位說。前者的女兒在海嘯中不見了。她是年輕的幼稚園老師，爲了保護小朋友，自己沒來得及避難的。後者是幼稚園的園長，對職員遭難感到內疚。受害老師的父親是當地消防團的成員，「三十八分鐘」的錄影中也有他的影像，乃顯得放心滿意的，因爲多數居民安全避難到高地來了。只是當時的他還不知道自己的女兒其實沒來得及避難，更不知道後來的好幾個月時間，將要天天都在日記本裡寫下：跟女兒沒能取得聯繫。「三十八分鐘」裡顯得放心滿意的樣子竟然是假象，對此記者也感到忸怩。

「三十八分鐘～巨大海嘯與生命的記錄」開始播放以前，畫面上就出現了「即將播放海嘯場面」的警告。這是日本醫師會要求各家電視台在三一一週年之際不要播放大量海嘯影像，免得引起觀衆發作PTSD(Post-traumatic stress disorder，創傷後心理壓力緊張綜合症)的緣故。其實，過去一年裡，一般日本人在電視上看到的海嘯影像並不多，乃電視台出於同樣憂慮自我約束的結果。當然都出於好心的。但是，從另一個角度來說，我們似乎迴避了不想面對的現實。看著「三十八分鐘」，我最大的感受也是內疚。

雖然沒有犯罪，但是有共犯的自覺。許多人在海嘯中失去了親人。許多小朋友由於核電站事故還不能到外面玩耍。儘管如此，我們更擔心自己的心理創傷，結果迴避面對現實。不過，無緣無故地感到內疚，就是PTSD症狀之一都說不定。總之，日本人在心理層面上要消化掉三一一的大衝擊，仍需要很長一段時間。

16

人活著就得冒風險

如何衡量風險？

三一一以後重複地在媒體上說：避難生活的精神壓力會非常大，搞不好會導致各種病，跟輻射線造成的風險比，哪個更需要根據個人情形而衡量的。

二〇一二年春天去了一趟上海和北京。親眼看到的大陸現狀，和之前在日本聽說過的情形，相差很大。印象最深刻的是上海天空的顏色，不是藍，也不是灰，而是黃的。肯定是甚麼化學物質的顏色了。每天呼吸污染的空氣，怎麼行？當地人說，只有世博會期間天天看到了藍天，後來又看不到了，於是有些人在自己家窗戶上設置了空氣清淨機。一個年輕人說：去東京個人旅行，最喜歡的是天天看得到藍色的天空。

眞沒想到，東京的空氣竟成爲觀光資源。反過來說，上海人爲空氣煩惱的程度就那麼嚴重。不僅如此啊，當地人又說，吃的喝的都不能放心，帶小娃娃的盡量購買外國產奶粉，以前買日本的，核電站事故以後則改買澳大利亞的。我跟他們說，東京的空氣也曾一度污染到很糟糕的地步，但是後來通過法律規制了工廠廢氣、汽車廢氣改善了空氣質量，中國也應該能夠採取同樣的措施吧。不行，他們說，我們的政府好像不聽老百姓的意見，請問世上有沒有不騙人民的政府？

到了北京，空氣也好不到哪裡去。北京朋友說，現在很紅的餐廳一條街，許多館子用的是所謂地溝油，是一家電視台的記者冒充工人去打工揭發了眞相的，你說可怕不可怕？他也說，最近去了日本旅行，日本很好啊，哪裡都乾淨。

中國人說乾淨，乃指呼吸的空氣、吃喝的東西都不用擔心的意思。這是日本人認爲理所當然的事情。畢竟，日本國憲法第二十五條規定：經營健康而文明的生活，是全部國民都擁有的權利。在黃色的天空下，吃地溝油過的日子，不能說健康，也不能說文明。雖然中國已成了世界第二名經濟大國，但是最大城市上海和北京的居民，都還不能經營健康而文明的生活。

北京的記者會上，有人問我，聽說日本在不遠的將來會再發生大地震，請問日本人怎樣面對那樣的預測？我回答說，去年三一一後，就有個北京朋友馬上來電話，勸我來北京避一避，如果是三天五天，或者一兩個月，我會考慮避一避的，但是更長時間的話，就很難說了。爲甚麼？因爲在北京定居下來，天天呼吸可疑的空氣，運氣差就吃上地溝油，都算是冒生命風險吧！跟在日本遇上大地震的概率比，哪個風險更大，是否很難說？

東京大學放射線科的中川惠一醫師，三一一以後重複地在媒體上說：避難生活的精神壓力會非常大，搞不好會導致各種病，跟輻射線造成的風險比，哪個更需要根據個人情形而衡量的。他也介紹美國九一一以後發生的狀況，襲擊事件以後，撞車喪命的人數大幅度增加了，乃懼怕遇上恐怖分子劫機的美國人，改開汽車橫越北美大陸導致的。

人活著就得冒風險。而風險的來源始終不止一種：地震、海嘯、核電站事故、空氣污染、地溝油，以及避難生活造成的精神壓力。據統計，三一一以後，來日本的外國旅客減少了。同時，日本政府緩和了中國人申請簽證的條件，結果不少大陸人來日本發現了藍天，之後再三地回來，一方面觀光名勝古蹟，另一方面避一避可疑的空氣和危險的食品。家家有本難念的經？還是人類走投無路了？

17 當整個社會失去安全感

福島與霸凌

二〇一一年大地震發生後，一時膾炙人口的「羈絆」一詞早就退場，整個社會都成了戰鬥區似的。

從大地震後一年半，日本媒體已經很少報導福島核電廠事故了。並不是因爲安全問題解決了，更不是因爲原來住核電廠附近的居民恢復了日常生活。反之，核輻射在持續，也有不少專家警告：從二〇一二年九月到十月，如果日本東北地區颳起了超級颱風，福島第一核電廠的四號機會崩潰，搞不好連東京以後都無法住了。儘管如此，凡人不可能一直提心弔膽過日子，與其過於擔心而鬧心病，倒不如暫時忘記可怕的現實。心理機制不難理解，但是連媒體都跟凡人一樣迴避面對現實，就得說有不盡職責之嫌。

這些日子，日本媒體報導最多的是大津市十四歲少年因爲被同學們欺凌而跳樓自殺的案件。受害者已經不在世，不能訴說究竟發生了甚麼事。家長非要替已故孩子算賬不可。然而，校方以及加害者家長互相推卸責任。最後，只好請警方出面，作爲刑事事件搜查到底。媒體報導出來的欺凌內容實在毒辣，簡直跟社會上的凶惡犯罪一般，令人詫異爲甚麼在衆多同學、老師面前發生如此嚴重的暴虐案件，而竟然沒有人當場介入？

誰料到案件一曝光，網路上馬上就出現了大量關於疑犯的信息，如姓名、地址、父母的職業等等。學校和當地政府接到許多匿名電話批判他們不稱職。甚至有人遠路去大津襲擊了該市的教育長，而網路上有好多人稱讚他的「義舉」。顯而易見，廣大日本社會對學校欺凌事件的反應，不外是另一種霸凌。二〇一一年大地震發生後，一時膾炙人口的

「羈絆」一詞早就退場，整個社會都成了戰鬥區似的。

比如說，核電廠所在地福島縣雙葉町的居民，在町長的領導下，集體遷移到琦玉縣，在當地已作廢的高中校舍住下來了。一年半過去，當初多達一千四百名的避難者，逐漸搬出去自己找了住房，最後留下的兩百多人中，有一半是六十五歲以上的老人，另外也有病人、殘廢人士等，換句話說是弱勢族群。因爲校舍內沒有適當的廚房設備，他們已經一年半每天三餐都吃當局提供的便當生存下來的。日本有法例，凡是根據災害救助法的規定設置的避難所，該爲避難者免費提供水電和三餐。然而，雙葉町當局不久前發表：從九月起要收每人一天一千一百日圓的費用。並不是因爲財源斷絕，而是因爲住在外面的舊雙葉町居民投訴：留在避難所的人能享受白住白吃的待遇，他們卻得自力更生，是不公平的，非糾正不可。

大地震和核電廠事故的雙重受害者，被迫離開自己的家和熟悉的環境，而要避難到陌生的地方來，在沒隱私可說的校舍內過日子，再說由於年齡或健康等因素，不能從避難所搬出去獨立生活。這麼許多負面條件，足夠證明他們是名副其實的弱者。憑甚麼奪去他們的法定權利？如果沒有很多匿名信、匿名電話、匿名電郵等批判甚至恐嚇雙葉町的執政者，相信他們也不會做出如此欺負弱者的決定。可見，整個社會成了戰鬥區以後，每人都爲了迴避矛頭指向自己，有如玩「炸彈遊戲」一般，把難處盡快推給別人。不難想像，便當有償化的消息傳出去後，馬上有人在網路上臭罵雙葉町當局的冷血。

當整個社會失去安全感之際，容易出現霸凌的連鎖。越需要溫暖的時候，越被冷酷的現實折磨。中文有句話說「窮人多見鬼」。如今的日本社會，很有鬼怪跋扈的感覺。

アジア広域経済圏 提唱

ASEAN 日中韓含む6カ国に

南アジア諸国連合（ASEAN）首脳会議が17日、インドネシア・バリ島であり、ASEANに日中韓など6カ国が加わる「広域自由貿易圏」づくりを進めることで合意した。2013年以降の創設をめざす。日本の環太平洋経済

難色を示した。自由化を歓迎するシンガポールと、安い輸入品の流入を警戒するインドネシアで調整がつか

朝日新聞大阪本社
発行所:〒530-8211大阪市北区中之島3-2-4
電話06-6231-0131 www.asahi.com

福島 風評耐えか

東北一の工業県・福島
次いでいる。東京電力福
引に支障が出ているため
を手厚くし、引き留めや
だが、容易ではない。

スイス 独裁者資

世界の富裕層の資産を
顧客の秘密を守るのが
では中東の独裁者の資
背後では、隠し財産を
の駆け引きが続く。

口組の参拝拒否

排

天台宗
寺（大津
口組（総
し、寺が
長の告別
う伝えて
取材でわ
も断る。
側は「本
延暦寺
代々木

【参】

311之外

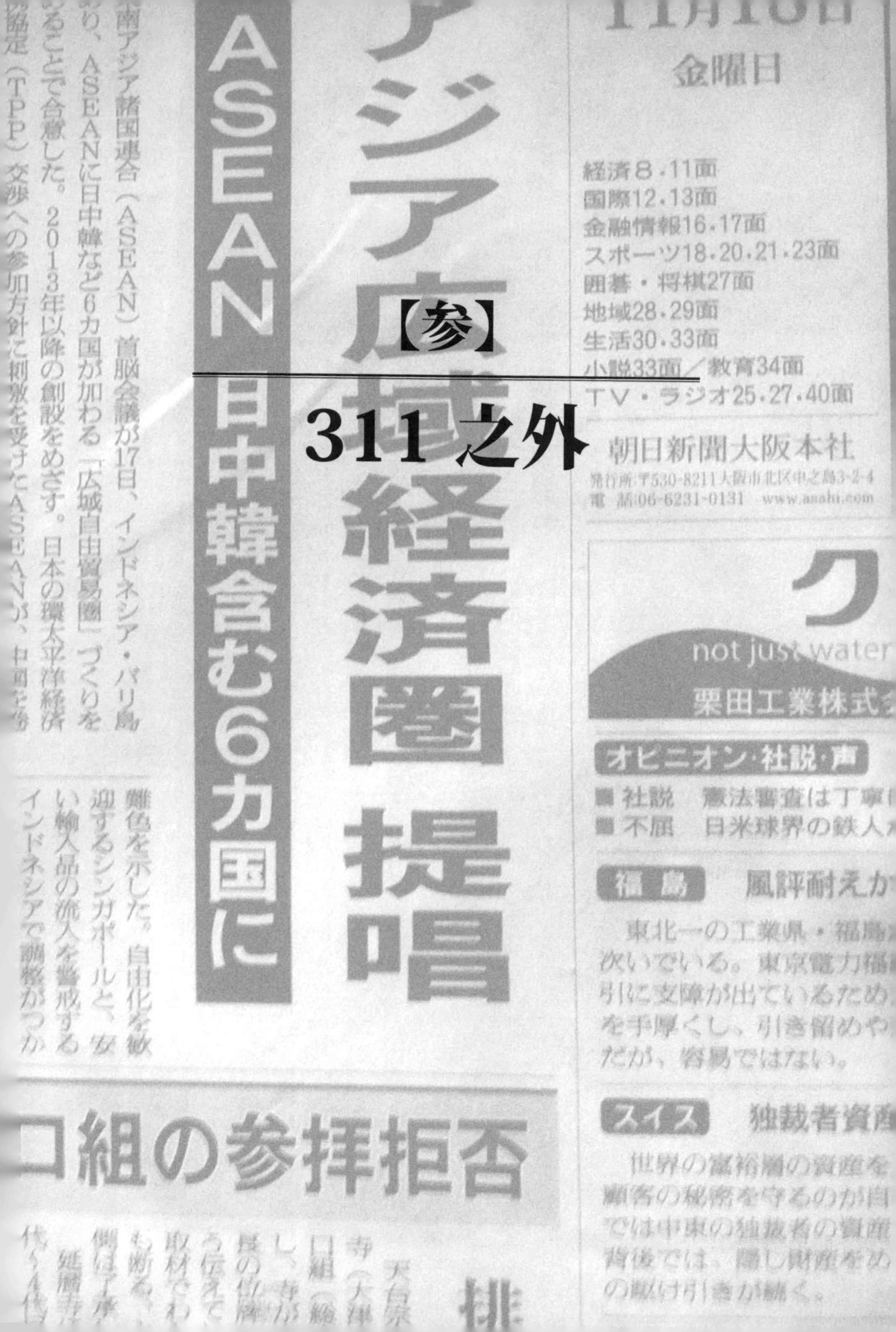

11月18日
金曜日

経済8・11面
国際12・13面
金融情報16・17面
スポーツ18・20・21・23面
囲碁・将棋27面
地域28・29面
生活30・33面
小説33面／教育34面
TV・ラジオ25・27・40面

朝日新聞大阪本社
発行所〒530-8211大阪市北区中之島3-2-4
電話06-6231-0131 www.asahi.com

アジア広域経済圏 提唱

ASEAN 日中韓含む6カ国に

東南アジア諸国連合（ASEAN）首脳会議が17日、インドネシア・バリ島であり、ASEANに日中韓など6カ国が加わる「広域自由貿易圏」づくりを進めることで合意した。2013年以降の創設をめざす。日本の環太平洋経済連携協定（TPP）交渉への参加方針に刺激を受けたASEANが、中国を巻

難色を示した。自由化を歓迎するシンガポールと、安い輸入品の流入を警戒するインドネシアで調整がつか

ク
not just water
栗田工業株式

オピニオン・社説・声
■社説　憲法審査は丁寧に
■不屈　日米球界の鉄人

福島　風評耐えか

東北一の工業県・福島
次いでいる。東京電力福
引に支障が出ているため
を手厚くし、引き留めや
だが、容易ではない。

スイス　独裁者資産

世界の富裕層の資産を
顧客の秘密を守るのが自
では中東の独裁者の資産
背後では、隠し財産をめ
の駆け引きが続く。

口組の参拝拒否

排

天台宗
寺（大津
口組（総
し、寺が
疑の信仰
う伝えて
取材でわ
も断る、
側は「参
延暦寺
代々4代

TPPを意識

貿易圏づくりは2段階だ。ASEAN関係者によると、11月の首脳会議で、ASEANは域内のモノやサービスの分野規制などのルールを決める方針。そのうえで日中韓、インド、豪州、ニュージーランドの6カ国に対して「招待状」を出し、入る意思があるか確認する。13年以降、ASEAN10カ国に6カ国が加わる広域自由貿易圏をつくることを念頭に置いている。

国際通貨基金(IMF)によると、16カ国の国内総生産の合計は17兆2267億ドル(1326兆円、2010年)で、世界経済に占める割合は27%。TPPに日本、メキシコ、カナダが加わったときの24兆9082億ドル(1916兆円)に比べると小さいが、世界の成長センターであるアジア諸国を網羅する大経済圏となる。

アジアの経済連携の枠組みづくりでは、今年8月に日中が作業部会を設けることを提案したが、ASEANはすぐに設置することに

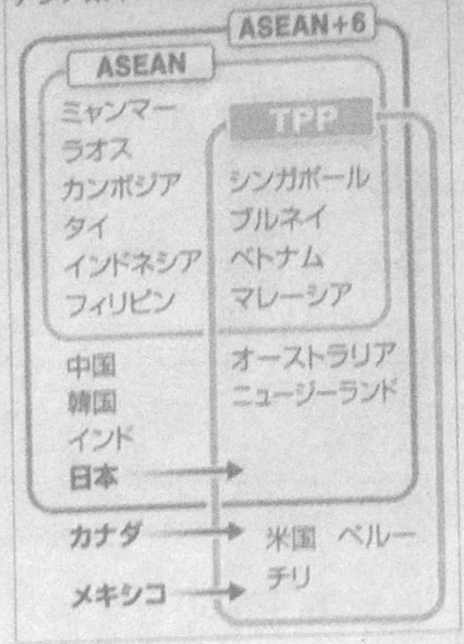

TPP交渉にカナダ…明すると、カナダやメキシコも合流。米国にアジアの主導権を奪われるのをおそれたASEANは方針を変え今回の合意に至った。

ASEANの枠組みは新興国が中心のため、関税の原則撤廃をめざすTPPよりは、関税撤廃の例外が認められやすく、加盟のハードルが低いとみられる。日本はすでにASEANと経済連携協定(EPA)を結び、企業の現地進出が進んでいる。中国やインドなどを加えた広域自由貿易圏ができれば、さらにアジアの成長を取り込みやすくなる利点があり、日本は積極的に参加する意向だ。(ヌサドゥア〈バリ島〉=福田直之)

コメ 初の出荷停止

確認できていると判断。大波地区で生産されたコメについては、検査で基準を超えたものは廃棄処分にする

延暦寺、

際、…れたという…典として…ト納された…いる。

この法…について…

01

孤獨死

羈絆與貧民窟

對「孤獨死」的當事者來說，社會上呼籲羈絆的聲音，恐怕是無比大的諷刺了。

二〇一一年底，大約五十萬日本人投票選出的「今年之漢字」果然是「絆」。經三月十一日的大地震，大家都感到了：人類在大自然面前實在無力，除非加強人與人之間的紐帶或羈絆，連生存都難以確保。

另一方面，過去的一年，日本媒體不停地報導「孤獨死」的案件。不僅在災區的臨時住房，也不僅在人口減少的鄉下，連在東京等人口高密度的大城市都頻頻發生單獨生活的老年人或者全家貧困有病的弱勢群體，在沒人照顧的情況下，默默地瞑目，過很長時間屍體開始腐爛以後才被鄰居發現的案件。對「孤獨死」的當事者來說，社會上呼籲羈絆的聲音，恐怕是無比大的諷刺了。

「孤獨死」增加有幾方面的原因。首先是高齡化。其次是街坊的解體。然後是傳統家庭觀念的崩潰。最後是社會的貧困化。現在的日本，老人多於兒童；個人主義的蔓延導致獨居老人的孤立；如果沒結過婚，沒有親生孩子，連親戚都不覺得有責任照顧；而且由於長期的景氣低迷，不少人即使想幫助高齡親人都不具備足夠的經濟能力。

有個社會學者指出：以往的東京沒有貧民窟，今後倒不一定了。現在，新宿、池袋等繁華區附近都看得到許多已經好久沒人住的空房。大多是半世紀前違章建設的木造房子，後來想改建都得不到官方許可，要拆掉也嫌費用太高。但既然是個人財產，日本政府也無法肆意拆掉。

結果，東京鬧區邊緣的木造老房，如今很多都掛著「歡迎福祉」的牌子，是直接針對政府救濟金的領取者，以偏高的價錢租賃破房的。在經濟不景氣的社會，連弱者的最後一點點依靠都得被剝削。清一色的貧困老人住的違章建築，實際上就不外是貧民窟了，經常發生「孤獨死」不在話下，搞不好更成爲人間地獄。

例如，前些時在新宿發生的木造公寓失火案件，犧牲的和倖存的都是領取救濟金的老男人，房客之間平時都沒有來往，火災中更無法協力救命。倖存者失去了住房，只好搬到同一地區裡類似條件的木造公寓去，因爲他們覺得沒有別處可容納社會邊緣人。

據統計，全東京大約七百萬棟房屋當中，目前有七十五萬棟是空房，比率竟超過一成以上。一九六〇、七〇年代的經濟高度成長時期，東京曾有過住房供不應求的狀況。現在「歡迎福祉」的木造房子，就是當時爲從鄉下來東京的單身工人而蓋的。到了一九九〇年代，房子已經足夠有餘，但是政府爲了刺激經濟，繼續鼓勵了建造大廈。很多東京人順利地爬上社會台階，搬進高樓新房經營家庭生活去了。但是也有一部分人運氣差些，一直在大都會邊緣日趨破舊的房子裡熬一天算一天。

現在，日本老年人百分之二十二被劃爲貧困；在單身的老人男性中，其比率則高達百分之三十八；至於單身的老人女性，竟有百分之五十二過著貧困生活。中文有俗語說人窮多見鬼，說明日本老人的苦境。貧困和孤立之間，不僅有因果關係，而且還有惡性循環的嫌疑。最需要紐帶的一群人，反而最沉默寡言。社會應該給他們提供的是安全網；在少子高齡化時代，個人之間的羈絆能起的作用很有限的。

02

為了經濟利益

日本大學生與漢語

他們對中國的社會、文化並不一定有興趣。正如大家把英語當作工具一樣，漢語也給當作技術了。

自從一八六八年的明治維新以來，日本的高等學府，主要從歐美國家把先進知識吸取過來了。因爲最初來日本的專家學者裡有德國人，也有法國人，所以直到今天，日本醫生用的術語中，有不少是源自德文的，例如，karte（病歷）、gaze（紗布）、kranke（患者）等等；藝術方面的術語，則有不少是源自法文的，例如，atelier（工作室）、

ensemble（合奏）、avant-garde（前衛藝術）、crayon（蠟筆）等等。

第二次世界大戰以後，經過了民主化學制改革的日本大學，還保持了所有學生得念兩種外語的規定。具體而言，大家都學英語以外，也要念德語或者法語。當年，專修醫藥理工學的學生大多選擇了德語。專修文學法律的學生則一般選擇了法語。在各大學提供的第二外語課程中，亞洲語言出現是最近的事情。一九七二年中日建交後，開辦漢語課程成潮流；接著部分大學也開設了韓語課程。另外也有少數大學開俄語、西班牙語、義大利語等的課。總的來說，「念過第二外語」曾很長時間是大學生的標誌；畢竟，多一門外語，多一些關於世界的知識，而中學文化程度的人始終只有學英語的機會。

那情形延續到了一九九〇年代初。之後，柏林圍牆塌下來、蘇聯解體、冷戰結束，世界出現了以美國爲唯一中心的新局面。同時，通訊技術的發達導致金融經濟的全球化，英語很快就獲得了世界語言的地位。爲了應對國際情勢之改變，日本又進行一次教育制度改革，其中一項便是加強大學本科的專業以及英語教育。結果，一所又一所大學取消第二外語課程，或者從以前的必修改到選修了。

目前在日本，最多學生念的第二外語是漢語。以我任職的明治大學理工學院爲例，就有超過一半的新生選擇學漢語。他們異口同聲地說：問了父母、高中老師的意見，大家都推薦學漢語，因爲中國在國際政治、經濟舞台上的地位日趨提高，所以學了漢語對日後找工作一定會有利。另一方面，整體日本社會，曾對歐陸國家擁有的憧憬，似乎已經消失了。千禧年前後歐元誕生，之後各個國家的形象變得模糊。爲什麼學德語、法語？今天的學生想不到理由了。

具有諷刺意義的是，大家學漢語並不意味著越來越多日本人會說漢語。首先，大學的第二外語班一年只有四十五個小時到九十個小時而已。即使有認眞的學生一年級和二年級總共上了一百三十五個小時的漢語班，最後能期待的效果本來就很有限。其次，雖然日語也用漢字，但讀音跟漢語不一樣，爲了講漢語，非學羅馬拼音不可。但是多數日本學生覺得：直接看漢字就能猜得大概，何必透過辛辛苦苦學拼音的繞道？結果，漢語發音始終擺脫不了日語發音的干擾，對聲調的掌握也遠遠不夠準。

再說，如今的學生選修漢語，乃爲了得到經濟利益，他們對中國的社會、文化並不一定有興趣。正如大家把英語當作工具一樣，漢語也給當作技術了。跟從前的日本大學生心懷浪漫憧憬地學習德語、法語相比，多麼不同的境地呀！

03

宅男的純愛故事

《中國嫁日記》

我告訴朋友說：「也許戀愛不一定需要語言，人格也不一定需要透過語言表現出來吧？」

日本《朝日新聞》星期天的讀書版，最近在「暢銷書」專欄裡介紹了《中國嫁日記》。雖說這是第一卷和第二卷共賣了五十萬本的暢銷書，但畢竟還是漫畫書。日本首屈一指的高級報紙在閱讀版面上討論漫畫書，這事情本身就有新聞價值。不過，引起我注意的，主要是書名和內容。日文的「嫁」字指「媳婦」。這本暢銷漫畫書的主角是從瀋陽嫁到日本來的中國小媳婦叫月，作者井上純一則是她的日本丈夫。《中國嫁日記》是根據作者夫婦的實際生活改編的非虛構漫畫作品。

井上和月這一對，並不是標準的涉外婚姻夫妻。月是瀋陽出身的八〇後年代的人，井上是比她大十幾歲的日本宅男。本來沒有任何機緣的兩個人，就是因爲月有個姐姐早年嫁到日本，也經過相親結婚，在東京開始了新婚生活。每天在生活中發生的小小事件，如飲食習慣之不同，井上都畫成漫畫。當初以部落格形式發表，後來點擊數越來越多，直到有家出版商提議出紙張書。

耽溺於美少女動漫作品消耗了青春時光的井上說，他從來沒想過有朝一日自己能夠結婚。因爲日本社會對宅男的看法不外是「變態」，沒有女孩子願意跟他三次元接觸。加上，他那把年紀的中年男人要娶個年輕媳婦，日本人也會懷疑是「變童癖」發作。誰料到，中國人對婚姻的態度有所不一樣。八〇後的女孩子居然覺得：作爲婚姻對象，日本宅男的條件倒不差。相對豐厚的經濟力自然是最大的誘因。但同時，他們的專一和謙虛，也可算是優勢。直到四十歲都沒交過女朋友的日本宅男，對願意嫁給他的年輕中國女孩，只會感激、崇拜，甚少有可能婚後拈花惹草折磨人的。

其實，我也認識幾對中日夫婦。問中國太太們對日本老公的評價，不謀而合地回答說：「就是為人老實。假如談戀愛，中國男孩子浪漫得多。他們的嘴巴不知比日本男人甜蜜多少倍，但是講到結婚，就不如找個可靠的對象，是不是？相比起來，還是不會說話的日本男人更老實可靠呢」。所以，對井上和月的結合，我能充分理解。不過，沒有看《中國嫁日記》之前，還是萬萬沒有想到：日本老宅男和中國八〇後的同居，果然會發展為純愛故事。

無論在中國還是在日本，如今的城市居民大多經自由戀愛結婚。但是，直到上一代，一般是聽從父母之命媒妁之言成家的。現代人以為，那種婚姻跟愛情沾不上邊，應該很枯燥乏味。實際上，倒不見得，從前也有過許多夫妻，婚後慢慢認識對方，相互之間培養了感情而白頭偕老的。記得中國一九八〇年代的經典電影《牧馬人》裡，主人翁和妻子就是婚後談戀愛，而且他們之間年紀也相差十幾歲的。

《中國嫁日記》的井上和月，不僅年紀相差大，而且還有語言和文化的障礙，彼此溝通談何容易。於是最初井上竟擔心，是否自己上了國際美人計的當。然而，月這個中國姑娘很淳樸，爲人做事都挺認眞，很快井上開始當她是上帝送來的天使。他筆下的中國小媳婦也越來越可愛、漂亮、迷人。

我有個教法語的日本朋友，看了張藝謀導演，章子怡當女主角的《我的父親母親》後說：「雖然很好看，但是男女主人翁之間似乎沒有過眞正的對話。他們之間的愛情，好像跟彼此的人格不太有關係吧？」電影以一九五〇年代的華北農村爲背景，描述鄉下女孩和城裡來的小學教師之間的情愛。沒錯，兩人幾乎沒有說過話，但是女孩就深深地愛上那位老師，被村人說成是當地歷史上頭一宗的自由戀愛婚姻。我告訴朋友說：「也許戀愛不一定需要語言，人格也不一定需要透過語言表現出來吧？」

我那個朋友看了《中國嫁日記》，估計也會說：「漫畫裡的日本丈夫和中國媳婦，好像沒有眞正溝通吧？」的確。不過，我覺得，這本漫畫書之所以暢銷，是因爲井上對月的純愛打動了日本讀者之心。表面上看來俗裡俗氣的漫畫，意外地藏有神話成分呢。

04

帶領讀者品味的雜誌

美麗生活的手冊

好的生活就是合理、乾淨、美麗的生活，因爲對於軍國主義的不合理、骯髒、醜陋，花森一輩子都恨之入骨的。

第二次世界大戰後的日本，曾輩出了幾個非常著名的雜誌編輯。例如，《文藝春秋》的池島信平（一九〇九—一九七三）、《週刊朝日》的扇谷正造（一九一三—一九九二）、《生活手冊（暮らしの手帖）》的花森安治（一九一一—一九七八）。他們的共同點是均爲東京帝國大學文學系的畢業生。不同點是前兩者主編的刊物都以男性爲主要讀者對象；只有《生活手冊》針對於女性讀者。還有，唯獨《生活手冊》從來不登廣告，純粹依靠讀者的支持來生存，高峰期的銷量達到了九十萬冊。

其實，《生活手冊》和其他雜誌不同的地方可多了。自一九四八年九月創辦《美麗生活的手冊》季刊開始，經五年後改名為《生活手冊》，到一九七八年花森去世，一直由他自己擔任總編輯，不僅決定內容、跟筆者交涉，而且畫封面、設計標題，甚至寫報紙廣告的文案，全都由他自己負責的。直到今天，日本書店門口一直擺著《生活手冊》雜誌（剛出了第四百五十七號）。花森安治早已不在了，但是跟他一起創辦了該雜誌的大橋鎮子（一九二〇—）還擔任總經理，以便監督年輕一輩的編輯們遵守花森的遺志辦雜誌。

二〇一一年是花森安治冥誕一百週年，日本各地的大書店都擺了他生前獲得讀賣文學賞的著作《一錢五釐的旗幟》、新聞記者寫的評傳《花森安治的工作》還有河出書房新出版的雜誌型書籍《文藝別冊：花森安治——美麗「生活」的創始者》。被慶祝冥誕的小說家不算少，但是在雜誌編輯當中，死後三十多年還被讀者記住並懷念的，至少在日本只有花森安治一個人。

他生長在開放港口城市神戶，從小被母親帶去看寶塚少女歌劇的演出，十多歲就熟讀日本女性主義的創始人平塚雷鳥的著作。中學時期，擔任校園雜誌的編輯，以美麗的排版設計，給該校師生們留下了深刻印象。上了東京大學後，他一方面攻讀美學和美術史，另一方面活躍於大學報的編務，畢業論文則寫了《關於衣妝的美學研究》。那是七七事變發生的一九三七年，大學畢業生馬上被徵兵，但是花森患有肺結核沒能上陣，後來在政府部門擔任了戰時宣傳業務。他的代表作《一錢五釐的旗幟》（一九七一年），標題指的是打仗年代徵兵通知用的明信片之費用。大日本帝國軍隊稱士兵為「一錢五釐」，意思是不值錢、有的是交替人員。花森安治一輩子都沒忘記被稱「一錢五釐」感到的屈辱和憤怒。

日本投降後才半年多的一九四六年三月，曾在《圖書新聞》工作，當時二十五歲的大橋鎮子和兩個妹妹晴子、芳子，找花森要一起創辦給女性看的雜誌。在美軍佔領下，日本人預感到男女平等的新時代即將到來。大橋三姐妹在防空洞裡消耗了青春期，而且同代男性多數犧牲在戰場上了，她們恨不得透過美化生活來彌補被浪費的時光，也要爭取獨立生活的經濟基礎。花森則認爲，爲了建設和平的新社會，就得從建立美麗而合理的家庭生活開始。他們首先辦《Style Book》企圖普及親手做西式衣服所需要的知識和技術。兩年後創刊的《美麗生活的手冊》，則是在《Style Book》的基礎上增加了涉及到「食」和「住」方面的內容。

戰後不久，物資還缺少的年代，《手冊》教導了讀者如何改善生活的質量。市面上當初沒賣的家具，花森就介紹如何用裝蘋果橘子用的木箱來做桌子和書架。木材開始供應了，就介紹如何設計動作路線合理的廚房並請木匠施工。從一開始，花森都請著名學者文人提供稿件，可說在日本婦女雜誌而言是破天荒的，也使得《手冊》兼備實用性和文化性了。

不登廣告的《手冊》，創刊號只印了一萬本，但後來重印再版，共賣了三十六萬本。花森認爲，沒有廣告的雜誌才乾淨，乃在審美學和倫理學兩方面來說的。在《手冊》的歷史上最出名的內容是「日常用品試驗報告」，即對不同公司的商品進行性能比較試驗的報告。例如，編輯部買來不同公司的二十二種襪子，讓女學生穿用洗刷三個月，最後報告哪家公司的商品最耐用並不褪色等。後來，對火柴、鉛筆、電熨斗、醬油、燈泡、食用油、洗衣機、電冰箱等等，都進行了許多次試驗。當初，質量最好的往往是進口商品。歸功於《手冊》的坦率批評，日本產品做得越來越好，不久超越了老大哥美國產品的水準。

可以說，花森安治透過他的雜誌提高了日本人的生活質量。對他來說，好的生活就是合理、乾淨、美麗的生活，因爲對於軍國主義的不合理、骯髒、醜陋，花森一輩子都恨之入骨的。所以，雖然是以實用文章爲主的婦女雜誌，早期的《手冊》充滿著啓蒙主義的高邁味道。

都說曾有一個時代，日本中產階級家庭的居住室書架上，一定擺著一套《生活的手冊》雜誌以及該公司出版的幾本食譜，如《西餐家常便飯》、《中餐家常便飯》。當年的日本人對國家社會該走的方向有默契，也是發自對戰爭的深刻反省。後來，日本成爲經濟大國，大家忙於享受消費，很快就忘記了僅僅幾十年前，整個國土被轟炸，全國上下在廢墟上發誓了一定要復興國家。一個國家社會失去了目標，連經濟發達的動機都找不著。逢花森安治冥誕一百週年之際，重看他寫的文章和畫的插圖，令人頗懷念曾經國家目標很明確，歷史進步的方向也很堅定的年代。

05

母親與女兒

殺母情結

我一直有感覺：也許是母親的冷漠促進了創作者的誕生，因爲在作品世界裡，作者就是創造者，比誰都強大。

這幾年在日本，女作家控訴母親橫暴、施虐的書籍連續問世，可以說殺母情結主題已成了東瀛出版界的一股潮流。

最初引起注目的，似乎是著名兒童書作家佐野洋子寫的長篇散文《靜子桑》。那是二〇〇八年，當時七十歲的女作家剛送走了母親。她在書中一方面回顧小時候從母親受的精神上以及身體上的虐待，另一方面記述了六十歲以後得定期去安老院看望癡呆症母親心裡難免產生的複雜感慨。

幾乎同時，精神科醫生齋藤環發表了《母親支配女兒的人生——爲何「殺母」不容易？》一書。顯然，他診所也出現了不少中年婦女異口同聲地訴說：母親曾如何虐待了自己，而那記憶使得她們看護高齡母親多麼困難。

心理醫生信田小夜子的《母親太重了——「守墓女」的悲嘆》則寫道：來她診所的職業女性們，從小聽從母親的指示，成功地考上名牌學校，成功地贏得了高級職位。結果，母親視女兒爲自己的作品，不願意放棄，也不願意讓給別人，要求她一輩子守護家族的墓碑，在女兒看來似是恐嚇。

同年十二月號的《Eureka》雜誌推出了個專題就叫做：「母親與女兒的故事——母／女詛咒」。其中，齋藤環跟女性漫畫家萩尾望都進行了關於少女漫畫「殺母」主題的討論。一九四九年出生的萩尾，在衆多作品中描繪過母親對女兒的虐待，例如在《蜥蜴女孩》的母親眼裡女兒竟然不是人而是爬蟲類。衆所周知，虐待女兒的母親常罵女兒長相難看，雖然是自己生的。果然，當時將近六十歲的超著名漫畫家透露：她母親的所說所爲仍然會嚴重地傷害女兒的自尊心。她說，母親從不承認女兒在事業上的成就，老勸她盡早回鄉嫁人。

在同一個專題裡，女性學專家上野千鶴子跟信田小夜子進行對談。上野指出：二十世紀後半起，日本人寧可要女兒也不要兒子了，因爲如今的女兒能夠負擔以往只有兒子能負擔的經濟責任，同時能爲母親起同性夥伴的娛樂作用。母親跟成年女兒兩個人去買東西、旅行等在日本很常見。表面上看來暖人心懷的景色，實際上叫不少女兒感到跑不出母親魔掌的焦慮，使得她們花錢也要請心理醫生做輔導。

二〇〇九年問世的《幸子桑與我——一對母女的病例》乃原國會議員中山千夏的著作。一九四八年出生的中山從小做兒童演員，剛三十出頭當了參議員，後來寫過多本小說和散文集。但是，過了花甲之年，等母親去世，她非要寫一本專書去探討母親和自己長達六十年的糾纏，並向廣大社會公訴母親對自己曾如何不公平。否則她簡直無法健康地生活下去似的。

二〇一一年，村山由佳發表的長篇小說《放蕩記》則以女作家為主角，講述早年過於嚴厲的家教如何導致女兒心理不平衡，幼年時期控制不住盜竊的慾求，到了青春期就耽溺於放蕩的異性關係。一九六四年出生的村山由佳頻頻寫涉及到極端性愛關係的作品，堪稱為女性版渡邊淳一。不過，控訴母親的遠不僅是女強人和壞女孩。

曾就讀於耶魯大學研究院，並執教於普林斯頓大學，寫小說、評論獲得過日本政府藝術選獎新人賞、野間文藝新人賞、讀賣文學賞、小林秀雄賞等等的水村美苗，可以說是日本文壇好女孩的代表人物。然而，她二〇一二年問世的長篇小說《母親的遺產——新聞小說》書腰上竟寫著：媽媽，妳究竟什麼時候給我死掉？

這部小說的主角是五十歲左右的大學講師美津紀。母親向來偏愛大女兒，不停地叫做妹妹的美津紀傷心。然而，母親年邁失去了丈夫和情人後，開始萬事依靠美津紀，導致她在精神上、身體上、生活上都疲勞至極，何況她正處於更年期，丈夫在外拈花惹草。美津紀的人物造型頗像作者自己。顯然跟佐野洋子、中山千夏一樣，一九五一年出生的水村美苗都非得等母親去世而後寫出一本書不可的。只是，這部小說探討的，不僅是母親和女兒的關係，還有祖母和母親的關係。書裡的母親虛榮心特別強、自尊心則非常低；原來她生爲藝妓的庶子，從小嚮往上流階級，恨不得爬上社會階梯。

俗話說，事實之奇勝過小說，完全適合於水村美苗的母女關係。《母親的遺產——新聞小說》的情結，其實差不多一半跟水村節子二〇〇〇年的作品《高崗上的房子》相重疊。水村節子是誰？就是美津紀希望早一天去世的母親。生爲藝妓的庶子，虛榮心特別強、自尊心非常低的不幸女人，果然七十八歲完成平生第一部長篇小說，並且由商業出版社問世的。在《高崗上的房子》的導讀裡，水村美苗寫：她從小聽外祖母的故事，長大後成爲小說家，也是爲了有一天寫外祖母的故事。未料，她第一本小說《續明暗》一九九〇年問世，兩年後母親就開始上課習作，花九年的工夫終於出書，叫女兒感嘆道：這本來是我想寫的小說呢！

過去幾年我看了好幾本女兒控訴母親的書。佐野洋子的母親、中山千夏的母親，一個一個都夠厲害。同時，我一直有感覺：也許是母親的冷漠促進了創作者的誕生，因爲在作品世界裡，作者就是創造者，比誰都強大。萩尾望都的母親否定女兒在職業上的成就，就是不願意承認女兒之力量的緣故吧。但是我萬萬沒想到，世上還會有個母親要潛入女兒創造的作品世界裡，奪去她辛辛苦苦贏得的創造者地位。用詛咒一詞來形容此類母女關係，可說一點不過分。

06

寫給妳的情書

愛妻文學

愛妻文學本本都像寫給已故妻子的情書，而且奇蹟般地保存著初戀時候的不安和激動。

日本的夫妻關係，似乎在第二次世界大戰以前和以後，發生了根本性的變化。簡單而言，戰前的日本家庭以丈夫爲主，戰後則以妻子爲中心了。那恐怕是二戰敗北導致了從天皇到家長所有傳統權威的連鎖崩潰之緣故。這種變化，早在一九五三年著名導演小津安二郎拍的經典影片《東京物語》裡，已經表達得很清楚。從地方小鎮來東京看孩子們的老夫妻，一切都是丈夫說話就算數，即使說錯了也沒關係。然而，在首都經營小家庭的兒女家庭裡，妻子的發言權明顯很大。尤其是開美容院的女兒固有經濟力的緣故吧，無論對誰說話都很厲害，她老公只有拍太太馬屁的份兒。歐美影評人往往說小津作品充滿著傳統日本的美感，實際上，他的眼光很摩登，因此才吸引那麼多西方粉絲的。

當然，任何變化都不是一下子就完成的。翻看上世紀後半葉的日本私小說，令人很吃驚的是小說家筆下的妻子不像人，而像動物。例如，一九一五年出生，五五年獲得了芥川賞的小島信夫，一九六〇年發表的《擁抱家族》裡，主人翁的妻子時子跟年紀輕輕的美國兵在自己家裡私通，然後像報應一般地患上絕症。臨死前，她還露骨地要求丈夫跟她當場做愛，使得主人翁非得趕走十多歲正處於青春期的女兒。小說裡的時子平時說話都輕佻下流，在今天的讀者看來，似乎不大配做大學教授的妻子。然而，主人翁卻被她的下流所吸引，夫妻之間的愛情，顯然肉的成分多於靈的成分。果然，妻子一去世，主人翁就馬上開始透過相親找後妻。一九六〇年代的日本社會認爲一個家庭需要主婦，一個男人需要妻子。而主婦也好，妻子也好，其本質都在於她的肉體而不在於她的精神。

二戰以後佔領了七年日本的美國軍隊，帶來的不僅是巧克力和爵士樂，而且是男女平等的思想。具體而言，各所大學向女學生張開大門，從此出現了受過高等教育的女性，以及男女同學結婚成家的新潮流。兩個同學結婚，當然是自由戀愛的結果，而只要是自由戀愛則一定有靈魂交流的側面。因此在丈夫的眼裡，妻子不再是肉體而已了。

比方說，一九三三年出生的文藝評論家江藤淳，一九五三年上慶應大學文學系，四年後結婚的妻子慶子就是大學一年級時候的同班同學。研究夏目漱石聞名於全日本的江藤，政治上屬於保守派，給人印象相當嚴肅。然而，一九九九年去世之前，最暢銷的著作果然也是最後一本書，題爲《妻子與我》。這本書的內容是，自從慶子被診斷有癌症到辦完她葬禮，那幾個月時間的詳細紀錄。江藤夫婦沒有孩子，長達四十餘年的婚姻生活裡，兩人關係的本質一貫是男女同學。對作家來說，妻子是最好的朋友兼初戀的對象。跟老一輩的動物性愛情不同，江藤和慶子之間的愛情是涉及到心靈深處的。結果，慶子臨死的日子裡，江藤感覺到自己都被拉到彼岸去。雖然醫生治好了他身體的病狀，江藤本人倒覺得自己已成了活屍體，慶子去世的八個月後，自尋短見離開了人間。

也許受了《妻子與我》暢銷的影響吧，進入了二十一世紀以後，由名人寫已故妻子的散文作品在日本陸續問世。以經濟小說聞名的城山三郎二〇〇七年去世，女兒整理遺物時發現的一些稿件，原來是城山生前寫的妻子容子之回憶。容子比他早走了七年，獨自度過的晚年日子裡，城山經常想起已故妻子，文章的標題果然是：《是嗎？你已經不在了》。這本書很受歡迎，許多電視節目都向觀衆介紹了這一動人的夫婦愛故事。

一九二七年出生的城山三郎，年紀介於小島和江藤之間，但主要是他在戰後的一九五三年跟容子結的婚。兩人第一次相見的地方是名古屋一所圖書館；容子給他的第一印象則爲：降到人間的天使。顯而易見，這又是一則從自由戀愛到白頭偕老的故事。二戰後的日本社會，雖然原則上解禁了自由戀愛，但是直到一九六〇年代末，透過相親結婚的比率還是較高。對當時的年輕人來說，戀愛基本上是一輩子只有一次的事情。如果妻子先離世，丈夫也不會去找後妻，而要悼念著先妻獨自過日子了。結果，「後妻」一詞在現代日語裡已經不存在。既然先妻是天使，沒有人能代替她，更不可能填她留下的空間。

二〇一〇年問世的《至今，還想你》，乃一九四四年出生的散文家川本三郎寫的。他妻子川本惠子，二〇〇八年因癌症去世，享年五十七。兩人認識的一九六九年，源自美國的性解放潮流到達日本。二十五歲的新聞記者和美術大學二年級的女學生墜入愛河，從此一起過了將近四十年。川本夫婦也沒有孩子。丈夫寫影評、書評，妻子則做時裝編輯，雙雙活躍於大眾媒體。做丈夫的，顯然沒想到小他七歲的妻子會先走。《至今，還想你》裡充滿著作者感到的茫然。如今的六十多歲還不算老人家，但是失去了愛妻的丈夫，無論年紀多大，過的不外是晚年的日子。一年後，川本三郎又出了美食散文集《你所不在的飯桌》，寡夫文學似乎已成了日本文學的一個領域。

二〇一二年，詩人三木卓寫的《K》引起眾人的注目，書中一九三五年出生的詩人回顧跟女詩人福井桂子一起過的五十餘年。《K》就是桂子（Keiko）的首字母。寫先妻的文章自然而然地成爲愛情文學，乃作者信仰自由戀愛的緣故。三木筆下的桂子很任性，但遠沒有《擁抱家族》裡的時子野蠻、放蕩。看來，夫婦關係越平等，妻子的精神性越受重視，女性肉慾卻越被壓抑。愛妻文學本本都像寫給已故妻子的情書，而且奇蹟般地保存著初戀時候的不安和激動。

07

六月某一個週末夜晚

五十歲的同窗會

五十歲的一晚參加同學會，跟大家合唱老校歌，每人都感激萬分。原來人生這麼簡單美麗。

日本有種社會習俗，是大家過五十大壽之年舉行中學的同窗會。二〇一二年春天我收到了兩封請帖，果然分別是初中和高中的同屆會通知。好碰巧，兩封請帖上寫的日期只差一天，地點就完全一樣，乃新宿某家飯店二十幾樓的宴會廳。初中是新宿區立西戶山中學，高中是國立東京教育大學（現筑波大學）附屬高校，兩所都上過的，在這一屆裡只有我一個人。本來可以連續兩晚都出去耽溺於青春回憶。不過，想一想自己的體力和家庭責任，還是選擇一晚較爲妥當。高中的同學會，我幾年前參加過兩次。初中的同學們，卻很多都畢業以後連一次也沒見過，不知大家後來的三十多年怎樣過來了，眞不妨趁這機會聚一聚敘舊一番。

就這樣，六月某一個週六傍晚，我自己坐中央線電車到新宿去了。這是我學生時代常來的老地盤，可是後來蓋了許多高樓大廈，成了完全不同的模樣，如今陌生的感覺多於懷舊。同學會場地也是近年開的新飯店。坐電梯上去的時候，我不能確定同坐的先生女士會不會是老同學，可也不敢凝視對方的面孔，難免感到稍微尷尬。不過，到了二十幾樓的宴會廳，站在接待處的老同學們，都在胸前貼著姓名卡，好讓人試圖回想他們三十五年前是甚麼樣子，跟自己有過何種機緣。

我們在日本算是人口穩定的一代，處於「團塊世代」和他們的孩子之間。當年中學每年級有六個班，每個班有四十個學生，規模恰好。總共二百四十個老同學當中，當晚來的約有八十人。至於老師們，六個班主任加上兩位體育老師共八位中，只有一位語文老師已去世，另七位則一律捧場。最年輕的一位今年剛退休，其他老師們都已七八十歲了，但每人都很健康矍鑠，聽說活躍於社區教育項目。

看著老同學們的面孔，既陌生又親切，感覺實在很特別。即使當年很要好的一些人，我所記住的和人家記住的不會完全一致，好比許多不同的回憶片段漂浮於空氣中，讓各人去抓住後拼湊成各自版本的人生故事。也許，生活比較順利的人才參加同窗會的緣故，見到的老同學們各個都腳踏實地過著日子。有人做了常上電視的外交評論家，有人做了著名的產科醫生，有人繼承了父親創業的建築公司，有人做了警察幹部，有女同學誇孩子上了東京大學，也有女同學說二十多年來一直從事福祉工作。

一個晚上能談的事情不多，何況許多時間，大家都在各自的腦海裡摸索著關乎到過去的線索。印象最深刻的是全體師生合聲唱的校歌。由於少子化，我們母校已經在前幾年跟另一所初中合併了。新學校有新校名、新校舍、新校歌。老校歌在現實的日本社會裡已經不存在，卻牢牢刻在每一個畢業生的記憶裡：大東京的正中間，昔日叫做戶山原，櫟樹濃綠丘陵上，祝福我們好未來，儼然聳立新學校，就命名爲西戶山，旭光照耀我母校。

第二天就在網路上出現了新宿區立西戶山中學校一九七七年畢業生的臉書，好幾個人把當晚拍的照片登出來了。有人寫：這是過去三十五年的日子換來的獎賞。沒有錯。誰的三十五年都不容易。於是，五十歲的一晚參加同學會，跟大家合唱老校歌，每人都感激萬分。原來人生這麼簡單美麗。

08

不一樣的自由

修學旅行和生活水準

對二十一世紀的初中生來說，往京都、奈良的修學旅行，還是令人心中充滿期待的一次經驗。

初中三年級的兒子將要參加學校組織的修學旅行。東京公立中學的學生集體坐新幹線到京都、奈良三天兩夜，接觸到古都的文化氣息，乃過去幾十年來一直維持的小傳統。

屈指數數，三十五年前，我平生第一次參觀奈良大佛、京都金閣寺，也是初中三年級的修學旅行時。雖然之前也跟父母去過關西地區，但是家庭旅遊的目的地往往是大城市和風景區，如大阪、神戶的繁華區和以夜景聞名的六甲山頂。至於歷史悠久的古寺古廟，還是帶有教育意義的修學旅行之日程表上才會出現的。

話是那麼說，三十五年前的學校旅行，我印象最深刻的並不是奈良大佛、京都金閣寺，而是在京都著名的新京極商店街上，自己打開錢包買的兩種土特產：一種叫做「生八橋」的甜品和一種叫做「千枚漬」的鹹菜。果然都不愧爲古都名產，味道纖細堪稱絕妙。把米粉、砂糖、肉桂粉蒸製的「生八橋」，軟軟的口感和清涼的刺激造成想像不到的味覺經驗；至於「千枚漬」，則在切成薄片的大蕪菁裡滲透了昆布的氨基酸味和米酒的甜味，跟平時在東京家中吃的「糠漬」根本不能同日而語。也就是說，到了古都即使是十多歲的孩子也體會到：在文化根基深厚的地方，連家常零食的味道都不一樣。

對二十一世紀的初中生來說，往京都、奈良的修學旅行，還是令人心中充滿期待的一次經驗。兒子已經幾個星期每晚都在飯桌上說：很棒喔，一定會很好玩的。兩天前，他下課回家告訴我們：今天老師宣佈，三天旅行中間的一天，共一百五十名同學要分成由四、五個人組成的小集團，各自訪問事前決定好的幾個景點。做母親的還以爲他們要坐地鐵、公車去參觀寺廟、庭園之類。誰料到，初中生卻傲然說：是每一個小集團都包一輛巴士，至於目的地，我們正在討論要不要去國立名校京都大學，趁機在學生食堂吃午餐呢！於是我跟他爸相視而愣道：哪裡有初中生包車做自由旅行的？這又不是什麼貴族學校而是平民子弟上的公立學校啊。然後在腦子裡花幾秒鐘分析情勢，我們達到的共同結論是：恐怕四五個人包一天車的費用比大家一次一次買票的總費用還要便宜，至於能夠節省時間則不在話下了。

「跟我們的學生時代比，世界還是進步得多了」，夫妻倆於是不約而同地說。雖說初中修學旅行的目的地跟三十五年前一樣，但是具體的執行方式和內容都比過去有彈性得多了。我們成長時候的日本社會，各方面都很死板；一說集體旅行，就一定是跟著打團旗的導遊走的。但是，那樣子永遠只看得到前面一個人的背後而已，連導遊說的話都太遠了聽不清楚。所以，三十五年後，印象最深刻的是自由活動時間嘗到的食品。反正，當年的修學旅行團要參觀的，十年如一日是歷史教科書上刊登照片的文物和老建築。相比之下，今天校方叫學生分成小班自由行走，是出於對同學們判斷能力的信賴。而被信賴的同學們反過來不會辜負校方的信任，他們提出來的活動計劃也充滿想像力。

衆所周知，日本第二次世界大戰後的經濟發達，到了一九九〇年代初已到了高峰，之後的二十多年，看經濟指標是慢慢沒落的過程。然而，生活在日本社會，我們的實際感受倒不一樣：經濟到達了高峰以後，生活各方面的品質還繼續上升好多年，至今還沒有眞正下來。這估計是國家富裕起來以後長大的一輩人，念完學校出社會，在各領域裡稍微改善舊有制度和方法所致的。也就是說，歸功於國民教育的普及，人的素質即日本所說的「民度」的提高，使社會生活變得比過去安全、自由。

回想我們小時候，每家的父親都忙於在外頭工作應酬，很少在家吃晚飯或者跟妻小一起過週末。當時只有母親和孩子們的飯桌很寂寞，明顯缺乏愛情。相比之下，如今日本上班族加班加得少多了，晚上七點鐘的郊外車站，都是匆忙回家去吃晚飯的爸爸們。他們到了週末就自願當上小學球隊的教練，讓孩子們直接感受到父親對自己的關心和愛情。幸福孩提的記憶不僅是個人一輩子的財產而且是使社會穩定的因素。看來，衡量生活水準，除了經濟指標以外還需要以個人和社會的「民度」爲座標。

09

永遠的勳章

日本棒球少年

我家老大成了曾參加過棒球隊的日本男人，日語俗稱「經驗者」，乃一輩子不會失效的社會性勳章。

日本男人有兩種。一種是曾參加過棒球隊的人，另一種則是沒參加過棒球隊的人。但只要是日本男孩，幾乎無例外，都小時候擁有過棒球手套，跟父親玩過投接球。

發源於美國的棒球，一八七二年由現東京大學的美籍老師引進到日本來，之後很快就普及到全國各地去了。當時，把英文棒球用語翻譯成日文的是夏目漱石的同學，著名詩人正岡子規（一八六七—一九〇二）。他二十二歲得肺病之前非常熱中於棒球，擔任過學校球隊的捕手，也以「野球」爲雅號。

一九一五年開始的全日本高中棒球聯賽，俗稱「甲子園」取自球場名稱。而甲子園大會至今是每年夏天盂蘭盆節日時期，多數日本人一定觀看電視直播的全民性活動。過去和現在的職棒明星，很多都出身於「甲子園球兒」。例如，獲得了日本政府國民榮譽賞的華人球員王貞治（一九四〇—），最初是早稻田實業中學的投手；讀賣巨人隊的現任監督原辰德（一九五八—），則曾是東海大學相模中學的三壘手。目前爲美國職棒德州遊騎兵隊先發投手的達比修有（一九八六—），就在東北中學時代，連年出場甲子園大會，以繼承著伊朗籍父親基因的洋氣外貌和時速一百五十公里的超級快球出了大名的。

名氣跟「甲子園」一樣大的東京六大學棒球聯盟，成立於一九二五年。日本棒球史上，最受歡迎的長島茂雄（一九三六—）就是立教大學時代非常活躍於六大學球賽的。因爲六大學棒球隊員的技術水平特別高，甚至有人說：要出場六大學聯賽，最容易的方法是先考進東京大學，但東京大學是全日本最難考的一所大學。

日本職業棒球的選手，都是幼小時候就開始跟父親練投接球、打球的。二十世紀的六〇到七〇年代，非常流行的動漫作品《巨人之星》裡，主人翁星飛雄馬的父親星一徹年輕時候做過讀賣巨人隊的三壘手，但是當兵時期肩膀受了傷，球員生涯中途斷絕。戰後，他一方面當勞工餬口，另一方面當上飛雄馬的專屬教練，成功地送他去了甲子園。後來飛雄馬更加盟巨人隊，可說爲父子兩人實現了長年夢想。第二次世界大戰後日本的復興期，《巨人之星》的情節很迎合期望東山再起的國民情緒，雖然星一徹強迫兒子做的種種訓練，在今天的標準看來是十足的虐待。

一九九二年，日本職業足球聯賽（J League）成立，一時人氣高到快壓倒職棒的地步。全國各地出現了許多足球俱樂部，要培養幼兒、學童球員。足球界也輩出了不少明星，例如：三浦知良（一九六七—）、中田英壽（一九七七—）等。不過，到了最後，還是棒球迷多於足球迷。一個因素就是在日本，棒球具有從甲子園、經過東京六大學到職棒，然後說不定還要去美國職棒大聯盟等等，能夠一路支持自己喜愛的選手，類似於玩雙六的樂趣。

當然，不是所有的棒球少年都有幸出場甲子園大會的。以東京為例，有棒球隊的高中總共兩百七十一所學校中，能去甲子園的只有兩所。也就是說，連續贏了六次比賽才能拿到甲子園的出場權。二〇一二年的西東京代表日本大學第三高中，可以說是中學棒球界的名校，只有初中時代已展現出優異成績的選手方能進該校棒球隊的。不僅日大三高，全日本的棒球名校都派專人去參觀當地的初中棒球比賽，為的不外是「購買青苗」好充實日後的人才。

雖然全日本的小男孩都跟爸爸玩投接球，而且其中不少都希望有朝一日能做個職棒選手，但是對絕大多數人來說，初中時代其實是被允許作美夢的最後一段日子。當我說日本男人分為曾參加過棒球隊的和沒參加過棒球隊的，所指的棒球隊就是初中球隊。

本人從小體育能力偏差，每次賽跑都一定落得最後一名。兩個小孩出生以後，只希望老天爺會授予他們一般水準的體育能力。幸虧一男一女都身體健康，能跑得跟別人家的孩子一樣快。老大兒子小學三年級就參加學校壘球隊，可說是體育能力平凡的男孩做的選擇，至於賽跑得第一名的同學們，則參加地區的少年棒球隊，好讓星探早點發現自己。不過，有能力的小孩面對現實也早。少棒隊的同學們幾乎一半在小學畢業的同時也跟棒球告別了。

這樣，日本初中的棒球隊由兩種學生構成：第一種是小學棒球隊裡成績優秀的選手，第二種則是小學時候玩壘球，還沒面對過棒球界嚴厲競爭的孩子們。我家老大屬於第二種。還好，他個子越長越高，而棒球教練偏愛個子高大的孩子。於是，雖然在隊友當中，跟他技術水平差不多的同學有好幾個，當教練決定讓誰參加比賽時，叫完了優秀選手的名字以後，最初注意到的總是我兒子。那樣，從二年級到三年級，他一直保持了背上號碼9。沒錯是九個出場選手中的老九，可關鍵在於只有一位數號碼的選手才能參加比賽。

歸功於投手的活躍，他們的球隊獲得了春季東京大會，夏季地區大會的出場權。上千名球員集中在一個球場，舉行盛大的開幕式，拍攝集合照片，然後是比賽。結果是第一場就失利，結束了絕大多數同學的棒球生涯。回家後，兒子熱心擦球鞋，說要送給低年級同學，作爲紀念。看著他擦鞋的場面，做父母的感慨萬千。我家老大成了曾參加過棒球隊的日本男人，日語俗稱「經驗者」，乃一輩子不會失效的社會性勳章。

10

從右到左，從左到右

「解放」與「中國化」

社會主義的招牌和市場經濟現實之間的背離越走越大。既然再也不可能回到計劃經濟時代，非得修正招牌不可。

最近看大陸報刊，我對一個詞的用法，頗覺不以爲然。那就是「解放」，據北京商務印書館的《現代漢語辭典》二〇〇二年增補本，意味著「一：解除束縛，得到自由或發展。二：推動反動統治，在中國特指一九四九年推翻國民黨統治」。記得在二〇〇八年的「非誠勿擾」中，當葛優飾演的秦奮說到「北京解放時候」之際，徐若瑄飾演的台灣小姐馬上答話道「解放？啊，你說是淪陷」。

一九八〇年代，我初學中文的時候，「解放」一詞的意識形態味濃多了，乃「中國人民在戰無不勝的共產黨以及馬列主義、毛澤東思想的領導下，擺脫舊社會地主、資本家、外國侵略者的剝削、壓迫，得到自由而成爲新社會主人翁」的意思。用矢量標示：從右到左。

相比之下，近日從大陸寄來的雜誌裡經常出現的「解放思想」，卻指著「擺脫社會主義的框框，積極擁抱市場經濟」。用矢量標示：從左到右。看來，「解放」一詞的語義，在二〇一〇年左右的中國大陸，發生了一百八十度的轉變。

中國的轉變以鄧小平提倡的「白貓黑貓論」爲起點，一九七八年開始「改革開放」，九二年南巡講話以後則啓動了「社會主義市場經濟」。若在毛澤東時代，這些政策被批評爲「修正主義」。鄧小平最初說「一部分人先富起來」的涵義也應該是：等大家都富有了以後，再建設社會主義中國吧。然而，走了二十年的市場經濟道路以後，社會主義的招牌和市場經濟現實之間的背離越走越大。既然再也不可能回到計劃經濟時代，非得修正招牌不可，否則難免不停地出現「名不正言不順」的尷尬場面。

於是就把「解放」的矢量轉換個一百八十度。具體而言，二〇〇七年中國共產黨第十七次全國代表大會上，胡錦濤提出：「解放思想是建設有中國特色社會主義的一大法寶。」執政黨爲了自圓其說而採用這樣的邏輯，並不難理解。難以理解的是好像不少中國人連把自己腦海中的記憶都跟著更新了。例如，二〇一二年五月號的北京《信睿》雜誌上，電影導演賈樟柯就寫：「當時（指上世紀八〇年代初），大街上到處是『解放思想』的標語。」搞錯了吧？當時滿街都還是「爲人民服務」的標語。胡耀邦說的「實踐是檢驗眞理的唯一標準」偶爾能看得到。可是，「解放思想」？那是將近三十年以後的事。

這樣的現象令人聯想到英國作家喬治奧維爾的敵托邦小說《一九八四》。在那虛構的國家政府裡有個眞理部不停地改寫歷史文獻，也爲了控制人民的思考能力，推行所謂「新語」，「雙重思想」等。後者的意思是：同時接受兩種相違背的信念。例如：「解放」是從右到左，但「解放思想」則應該是從左到右。

不過，世界在迅速變化的今天，改寫歷史對很多國家社會都呈現燃眉之急。日本最近暢銷的歷史書《中國化的日本》（與那霸潤著）就說，全世界最早進入近代階段的是宋朝的中國：取消貴族階層；把封建制改爲郡縣制；採用貨幣經濟；擁護自由競爭。日本卻一直抵抗了近代化的潮流，但如今面對全球化，終於非「中國化」不可了。何況，與那霸說，共產黨的中國是一九七九年跟雷根的美國和戴卓爾的英國一起領全世界之先採用了新自由主義經濟政策的超前國家之一！有沒有搞錯？

11

東洋魔女蛻變中

撫子日本

「撫子日本」這愛稱，沒有「東洋魔女」那樣的兩面性，反之充滿幽默感。如今的日本社會，對運動能力高的女孩子，都給予正面評價的。

倫敦奧運會剛閉幕，給日本觀眾留下了最深刻印象的，大概是女性運動員的成就。柔道、摔角、排球、乒乓球等等項目，獲得了獎牌的很多都是女性選手們。尤其是愛稱「撫子日本（Nadeshiko Japan）」的女足隊，其人氣之高簡直能夠跟歌壇上的大紅組合AKB48相比較。

這次的奧運會，總體看來，也是全世界體育界的性別歧視終於被克服的歷史性大會。沙烏地阿拉伯等伊斯蘭國家的女性運動員，不怕保守輿論的批判，戴著頭蓋參加比賽，使得全部國家、全部項目都有男女雙性選手參與，令人看著不能不受感動。在這麼個大氣候下，日本女性運動員的形象，果然也跟上世紀很不一樣了。

一九六四年，東京奧運會上獲得了金牌的日本女排隊，當年的外號是「東洋魔女」。據說最初是美國電視台的主播叫她們「Oriental Witches（東方巫婆）」的，後來日本本地的媒體都開始使用了。「魔女」一詞的涵義，一方面有對傑出體育能力的讚揚，另一方面也有西方人對東方人出鋒頭的揶揄。連同胞日本人都用起兩面性的「東洋魔女」這稱呼來，因爲當年的日本社會，對無論在智力上還是在體力上，比普通男性優秀的女性多多少少有歧視。做父母的普遍認爲：對女孩子來說，最好的出路是找個好婆家，爲此端正賢慧的人格和順眼可愛的外貌都一樣重要。「魔女」般個子高大的女孩子，誰願意娶呢？「嫁不出去」一句話，曾很長時間是對日本女孩子最致命的評語。

不過，即使在當時，年輕一代的看法是不一樣的。受了「東洋魔女」的影響，電視台紛紛推出「青春火花」「排球女將」等以女排爲主題的連續劇，在日本全國掀起了女排熱潮。我當年是才幾歲的小女孩，也請父母買個皮排球，天天在家附近的公園和朋友們一起打了。也並不是打著玩，而自以爲是認眞訓練呢。那顯然都受了「東洋魔女」的影響。她們的形象是永遠認眞，沒有笑容，絕對服從教練，簡直跟軍人一般，換句話說是很男性的。

於是二〇〇四年雅典奧運會的前夕，透過媒體得知女足隊的愛稱竟然是「撫子日本」的時候，我都覺得特別新鮮、非常好玩。日語裡，「撫子」既是花名（石竹類），又是追溯到神話時代，專指好女孩的詞語，原意爲：被父母撫摸著長大的千金。說「大和撫子」，就是指性情溫柔，穩重文雅，謹愼恭順，端正賢慧，換句話說，就是理想的傳統小媳婦。踢足球的女孩子們，由老一輩看來不外是一群野丫頭。二十一世紀的日本人卻投票決定叫她們的團隊爲「撫子日本」。可見，隨著時代的變化，人們的思想也跟著進步的。「撫子日本」這愛稱，沒有「東洋魔女」那樣的兩面性，反之充滿幽默感。如今的日本社會，對運動能力高的女孩子，都給予正面評價的。

「撫子日本」不負國人的期待，在二〇一一年的世界杯贏得了冠軍。這次在倫敦，雖然最後輸給了美國隊，但是在日本女足歷史上第一次獲得了獎牌。而她們製造的正面風氣，顯然也影響到了其他項目的女運動員。例如，女摔角的選手們各個都是父親一手培養出來的，以往的形象也都是「爸爸的孝女」；這次在五十五公斤級第三次得了金牌的吉田沙保里，比賽結束後當場就讓父親教練騎在自己的脖子上走了一圈，充分表現出了大人的風格；她在頒獎台上也不流眼淚，而破顏一笑向粉絲揮了手。吉田也在開幕式和閉幕式都挺胸擔任日本隊的旗手，勇敢地打破了「旗手不能得獎牌」的東洋迷信。

對女運動員的活躍，日本媒體的男性記者也幾乎放棄了從前那般揶揄的語調。除了用「酷」、「爽」等男性形容詞來率直讚揚她們的成就以外，亦以平靜的筆調介紹個別選手是孩子的母親。例如，女排的大友愛選手是三十歲的單身母親，去年獲得過「日本最佳母親（體育部門）獎」。如此這般，我們透過奧運會，能觀察到社會的變化和世界的進步，真有意思。

東京故事311

美麗田 132

新井一二三◎著

出版者：大田出版有限公司
台北市10445中山北路二段26巷2號2樓
E-mail：titan3@ms22.hinet.net http：//www.titan3.com.tw
編輯部專線：（02）2562-1383 傳眞：（02）2581-8761
【如果您對本書或本出版公司有任何意見，歡迎來電】
行政院新聞局版台業字第397號
法律顧問：甘龍強律師

總編輯：莊培園
主編：蔡鳳儀
編輯：蔡曉玲
企劃主任：李嘉琪
美術設計：好春設計・陳佩琪
校對：鄭秋燕／蘇淑惠
印刷：知文企業（股）公司 電話：(04)23581803
初版：二〇一三年（民102）三月三十日 定價：250元
總經銷：知己圖書股份有限公司 郵政劃撥：15060393
（台北公司）台北市106辛亥路一段30號9樓
電話：（02）23672044/23672047 傳眞：（02）23635741
（台中公司）台中市407工業30路1號
電話：（04）23595819 傳眞：（04）23595493
國際書碼：978-986-179-279-8 CIP：861.67/102001164